날개
돋친
말

박 판 식

ARETE총서 0003 박판식 산문집 **날개 돋친 말**

1판 1쇄 펴낸날 2014년 11월 20일
지은이 박판식
펴낸이 채상우
디자인 정선형
펴낸곳 (주)천년의시작
등록번호 제301-2012-033호
등록일자 2006년 1월 10일
주소 100-380 서울시 중구 동호로27길 30, 413호(묵정동, 대학문화원)
전화 02-723-8668
팩스 02-723-8630
홈페이지 www.poempoem.com
이메일 poemsijak@hanmail.net

ⓒ박판식, 2014, printed in Seoul, Korea

ISBN 978-89-6021-227-5 04810
      978-89-6021-208-4 04810(세트)

값 14,000원

ARETE 총서 0003

날개 돋친 말

박 판 식

천년의시작

　등단하고부터 지금까지 쓴 대부분의 산문을 이 책에 실었다. 2001
년에 등단했으니 십 년이 조금 넘는 기간이다. 그동안에 쓴 글들 중에
중언부언한 것 몇 편을 빼고는 대충 다 들어간 셈이다.

　책으로 묶고 돌아보니 시론이라는 것을 제대로 갖추지도 못한 채
시에 관한 이론적인 이야기를 겁 없이 썼다는 게 새삼 부끄럽고, 얕
은 식견으로 다른 장르의 비평에 함부로 손을 댔다는 것도 만용으로
느껴진다.

　시도 투철하게 쓰지 못하면서 언감생심 산문이라니, 나와 어울리
지도 않는 일을 참 많이도 벌였다.

　학교와 사회에서 좋은 산문정신을 지닌 선생님을 여럿 만났음에도
불구하고 머리가 아둔하고 천성이 게을러서 착실하게 공부를 하지 못
했다는 사실이 아쉽다. 오늘날까지도 독학자 같은 기분으로 문학을
공부하고 있다는 느낌이다.

　모르는 것이 있으면 선생님들께 그때그때 묻고 해결했어야 했는데
그렇게 하지 못한 점이 아쉽다. 나의 독서에 오독이 많고 이론이 몽롱
하고 명쾌하지 못한 것의 결정적 원인일 것이다.

　앞으로 공부를 더 착실하게 하여 아주 쉬운 시 입문서 같은 걸 내고

5

싶다는 욕심이 없는 것은 아니지만, 되도록이면 산문은 줄이고 오로지 시만으로 승부를 보고 싶은 게 솔직한 내 심정이다.

산문을 쓸 때 마음속의 등대로 삼았던 김수영, 김현, 황지우 선생님과 관찰이나 섬세함에 있어서는 다소 부족한 나의 결점을 늘 보완해 주는 정경윤에게 감사드린다. 또 이 책이 나올 때까지 A부터 Z까지 신경을 써 준 출판사와 채상우 시인께도 고마움을 전한다.

2014년 11월 박판식

책을 엮으며 ___ 5

일러두기

이 책의 본문 가운데 인용한 시와 글의 띄어쓰기는 현행 맞춤법에 따라 일부 고쳤음을 밝힙니다.

매장을 체험하는 최면술사

좋은 시에서는 이성의 힘으로는 결코 이해할 수 없는 어떤 불가해한 매혹의 손길이 불쑥 뻗쳐 나옵니다. 그 손은 저를 어루만지고 감싸고 진흙덩이처럼 가지고 놀다가 뜻하지 않은 순간에 저를 팽개치고 떠나곤 합니다. 가령, 저는 '수태고지'가 여태껏 어떤 언덕의 이름인 줄 알고 살아왔습니다. 예수가 어린 시절 뛰어놀던 낙원 같은 동산의 이름일 거라 믿어 왔습니다. 그러나 이제 수태고지의 본래 뜻을 알게 되어도 저의 오해의 기쁨은 조금도 훼손되지 않습니다. 천사 가브리엘이 마리아에게 찾아왔듯이 저에게는 창작의 기쁨이 찾아와 주었으니까요.

본래의 뜻이라는 게 어디 있을까요. 은밀한 날들의 기쁨과 슬픔을 솟아오르게 하는 언어들을 저는 사랑합니다. 뜻하지 않은 경험이 주는 즐거움과, 삶과 죽음은 저에게 어떤 무모한 여행처럼 느껴집니다. 돈키호테를 따라나선 산초 판사의 즐거움만으로 인생을 살아간다는 것은 얼마나 따분한 일인가요. 다시 태어난다 해도 그런 삶을 살고 싶은 마음은 전혀 들지 않습니다.

그런데 우리의 삶에는 '다시'라는 게 없고, 참혹한 매장만이 우리를 기다리고 있지 않습니까. 그래서 저는 여러 가지 방식으로 매장을 체험하는 최면술사의 기분으로 시를 씁니다. 그것은 저의 글쓰기 방식과도 다르지 않습니다. 저는 오해하고 또 오해합니다. 어디로 갈지, 어떤 모양으로 변할지 모르는 구름처럼 제 시의 운명은 저에게 맡겨져 있는 것이 아니라는 것을 압니다.

시집 『밤의 피치카토』를 엮고 난 후, 여행을 다니고 싶었습니다. 하지만 한참을 머뭇거리기만 할 뿐 어디로도 떠나지 못했습니다. 그 숱한 망설임이야말로 저에게는 진정한 여행입니다. 어느 저녁, 저에게 육체와 정신을 고스란히 물려준 고향 언덕을 떠올리며 자취방으로 이어진 비탈진 언덕을 걸어 올라갔습니다. 저처럼 무척이나 외로웠을 저의 선조 중 누군가의 얼굴이 저의 얼굴로 바뀌고, 그의 걸음이 저의 걸음으로 바뀌고, 뜻하지 않은 뱀 새끼와 덩굴식물과 머리가 수탉인 악사와 그리고 아름다운 여자가 저의 길을 막아섭니다. 그러면 저는 이제 이곳이 저의 '수태고지'라고 믿습니다. 그리고 이것이야말로 제 시의 풍경인 것입니다.

　　『밤의 피치카토』를 나오게 해 준 이 세속 도시의 갈등과 신비로움을 저는 좋아합니다. 만약에 제가 이곳으로 나오지 않았다면 어떻게 눈물과 고통 속의 아름다움을 알 수 있었을까요. 유년 시절 저에게 기타 퉁기는 법을 가르쳐 준 윗집 삼촌은 어디를 떠돌다 온 사내였는지, 방직공장의 이모와 어머니의 손은 왜 그렇게 아름다웠는지, 빚을 갚기 위해 집을 떠났던 아버지가 왜 더 많은 빚을 안고 돌아왔는지, 객사한 외삼촌은 지금 어디에 있는지 저는 여전히 묻고 또 물을 수밖에 없습니다.

의자에 앉은 구름

평일의 기차역에서 그들을 본다. 어디로 가기 위해서가 아니라 하룻밤 편안히 머물 곳을 찾기 위해 불안해하며 의자를 차지하고 있는 부랑자들을. 신문을 읽는 사람도 있고 농지거리를 주고받는 사람도 있다. 하지만 대개는 다만 그렇게 존재하기 위해 살아 있는 사람들처럼 이렇다 할 움직임도 없이 각자 무언가 한 가지씩의 사물을 응시하고 있다.

사물이 이렇게 아무 의미도 없이 존재한다는 것을 믿기 어려울 만큼, 그들은 여행자들이 갖는 역의 의미를 사물들에게서 제거하면서 아무것도 바라지 않은 채 앉아 있다. 그렇게 보인다. 나는 그중 한 사람에게 눈짓으로 묻는다. 무슨 생각을 하고 있죠?

그는 마침 역의 원형 천장을 올려다보고 있다. 나는 그가 무슨 말이든 하게 되리라는 것을 의심치 않지만, 그는 마치 불변의 믿음을 지닌 채 무엇인가를 기다려 왔던 사람처럼 나를 응시하면서 입술을 조금 움직여 보일 뿐이다. 그리고 그의 눈은 다시 원형 천장으로 향한다.

우리가 서로에게 동일한 감정과 기분 상태를 느낀다는 게 가능할까? 동행자와 걷다 보면 보폭과 발걸음의 속도가 맞추어지는 순간이 있다. 그 순간 우리는 마치 동행자의 생각 속으로 흘러들어 가 그의 생각의 일부가 된 것처럼 느끼기도 한다. 강물 위에 던져진 돌이 동일한 파장을 만들어 내면서 우리의 시선 밑에 가라앉는 것처럼. 그 순간 우리는 교감하고 있는 것일까?

하지만 샴쌍둥이조차 감정을 공유하지는 않는다. 근본적으로 모든 감각과 감정의 교감은 오해에서 비롯된다. 우리는 서로를 지나쳐 가는 속도와 우리를 둘러싼 공간을 휩쓸고 가는 시간의 파장을 미미하게 감지할 수 있을 뿐이다. 지구의 자전 속도와 자전축을 감지하는 사물은 태양과 달과 몇 개의 행성이 고작이듯이 나는 서로의 내면에 근본적으로 영향력을 주는 사물들이 그렇게 많다고 생각하지 않는다.

그렇다면 시는 어떨까? 시는 전혀 피상적이지 않다. 시는 언제나 사물들처럼 구체적이다. 시는 마치 우리가 책장의 위치나 가구와 전자 제품의 위치를 정할 때처럼 그렇게 존재하길 바란다. 그러나 시는 정교한 위치를 바라지는 않는다. 오히려 해변에 버려진 유리병이 의미를 담고도 침묵하는 것처럼 그렇게 존재하기를 바란다. 전혀 어울리지 않는 자리에 갖다 놓아도 사물은 그 고정성과 정형성을 깨뜨리며 그곳에 원래부터 존재하는 것처럼 굴기를 좋아한다. 시라는 사물은 그런 유희를 즐긴다.

그리고 때로는 불행마저도 그런 시의 유희 앞에서는 웃음을 터뜨린다. '4월의 맑은 날'이라고 시작하는 시의 주제는 역설적으로 대부분 불행을 말한다. 물론 주인집의 소파지만, 소파가 있는 집으로 처음 이사 간 날을 잊지 못하는 소년에게 소파는 앉을 수 있는 구름이다. 그리스 신화에 나오는 신들이 구름 위에서 사는 기분을 소년은 소파에 누워서 제멋대로 오해한다. 아버지를 잃어서 며칠째 결석하는 짝사랑하는 여자아이의 슬픔을 오해한다. 월계수나무 잎사귀에 앉은 구름의 기분을 오해한다. 하지만 어떤 혼란과 혼동도 없다. 사물들은 소년이 생각해 왔던 의미를 상실했지만 사물들에 관한 감정과 감각은 새롭게 각인된다.

지금 나는 기차역의 딱딱한 의자에 앉아 있다. 그리고 이 순간 혐오감을 주는 것은 부랑자가 아니다. 오히려 나의 감정에만 충실한 나의 내면이다. 종식되어야 할 소문처럼 나는 끓어오르는 나의 감정의 격렬함에 거리감을 가질 필요가 있다. 부랑자들은 그런 면에서는 확실히 탁월한 성취를 이루었다. 그들은 화내거나 울거나 쉽게 동요하지 않는다. 그들은 인간의 질서보다는 사물들의 질서를 더욱 따른다.

　　한 사내가 어떠한 기억과도 상관없이 짓는 미소를 지으며 앉아 있다. 기차역의 딱딱한 의자가 그러한 권능을 그에게 주었을까? 그 사내처럼 이런 의자에 앉을 때면 어떤 감정과 의미도 스며들지 못하게 하고 그냥 앉아 있을 수 있다면 얼마나 좋을까, 하고 생각해 본다. 하지만 그런 생각은 허위이고 위선이다. 그들은 실제로는 편안하게 의자에 앉아 있는 것이 아니다. 그들은 어떤 극단적인 절벽에 내몰려 있다. 그들은 대부분 공허하고 불안하며, 사물을 응시하는 것이 아니라 자신들의 불안한 내면을 되비치는 사물들에 넋을 잃고 있는 중이다.

　　마치 헛된 깨달음의 망상에 사로잡힌 승려처럼, 혹은 자신의 우울증으로 세계를 변화시키려는 어리석은 사람처럼, 나는 배회하면서 의자와 함께 둥둥 떠다니는 나의 유령과 허깨비들을 본다. 그동안에도 기차는 매 시각 출발의 신호를 알려 오지만 그 엄청난 생산력에도 불구하고 아직 어디로도 출발해 볼 엄두조차 내지 못한다.

　　　나의 내면에는 아무것도 놀라운 것이 없다. 고통에 저
항하면서 아무런 호소도 없이 병을 참아 내는 여자아이의 기분으
로, 나는 견고한 세계의 원형 천장을 올려다본다. 구름이나 별은
보이지 않는다. 하지만 구름이나 별의 영향력이라도 된다는 듯이
약간의 소음이 그쪽에서 들려온다. 나는 그 소음의 진원지를 찾아
고개를 돌린다. 널찍한 역의 중앙 광장을 가로질러 어떤 소년 하나
가 구두 뒤축을 울려 자신만의 리듬을 만들면서 춤을 추듯이 뛰어
가고 있다. 죽은 듯이 누워 있는 대지에 두통과도 같은 압력을 가
하면서, 결코 침묵으로만 버틸 수 없도록 어떤 충동과 동요를 소
년은 몰아온다.

　　　나는 소년이 사라진 자리에 앉아 아무렇지도 않게 걸
어가는 여행객들 사이에 작용하는 무거운 중력을 느낀다. 중력들
은 견고해 보이기에, 곧 허물어질 어떤 것이라고 나는 믿지 않는
다. 내가 느끼는 포에지는 그 견고한 믿음의 찰나와 곧 무너질 실
존의 경계 사이에 아슬아슬하게 존재하고 있다.

내가 읽은 나의 시

무엇인가를 간절히 바라며 당신이 만지고 있는 바로 그것

창이 벽돌로 막힌 집이다
나는 장님, 세상 밖의 사람들이 들려주는 얘기들로
나는 꽉 차 있다

마음 어딘가가 부서진 사람의 눈은 짝짝이다
오늘 나를 찾아온 손님은
작아지고 쪼그라든 오른쪽 눈으로 주로 세상을 보는
왼손으로 염주를 돌리는 승려 복장의 여자다

사람을 갖고 노는 일처럼 즐거운 게 또 있을까
손님의 얼굴 속으로 들어가 생긴 모양을 바꿔 놓고
허망하게 손과 발의 피부를
뚫고 나오는 멋쩍은 기분이란

나는 아코디언 연주자고 경찰이면서 노름꾼이고
날품팔이며 자율방범대원, 중국 식당 점원이고 배달부며
베트남에서 팔려 온 어린 아내

그런데 내 얼굴이 이렇게 많은데도 나는 내 이름을 모른다
자신의 것이면서도 자신의 입에서는 잘 나오는 법 없는
이름이란 것, 이상하지 않은가
다만 코너에 몰려 더 이상 갈 곳 없는 이들이
어디로 모여드는지는 당신도 잘 알고 있지 않은가

하늘의 새 이름을 갖다 붙인 도시도

날씨 이름을 갖다 붙인 잘생긴 아이도
깨진 장독 뚜껑을 포개 놓은 것에 불과한 것

나는 사물이 아니라 사건
발가숭이가 된 채 집에서 쫓겨난 여자아이가
오줌 줄기 같은 것이 되어
자신을 쫓아낸 사람의 이름을 부르며 악쓰는 찰나

나를 조용하고 차가운 계곡에서 끄집어내
도시의 불투명한 거울이 되게 한 이여
지금 나는 417미터 높이에 2만 4천 명을 그 안에 담아 두었던
붕괴된 쌍둥이 빌딩보다도 더 많은 의심과 슬픔을 갖고 있다
─「무엇인가 간절히 바라며 당신이 만지고 있는 바로 그것」

시작 메모─딱히 그것이라 말할 만한 것도 없지만

함께 뛰어내린다, 눈감고 딱 3초면 된다
전봇대 위에서 검정 딱새 한 마리 날아간다
동물 모양의 모자를 쓴 코흘리개 아이가
왼쪽 눈만을 연신 끔뻑거리며
공중전화 동전 반납구에 슬쩍 중지 손가락을 밀어 넣는

애꾸눈의 영감 손에 이끌려 번잡한 연말의 거리로 들어간다
쏟아지는 눈과 함께

〈도대체 누가 누구한테 화를 내야 하는지 모르겠구나
네 마음속에 차가운 분노가 왜 들어 있는지 모르겠구나〉
하늘에서 쏟아지는 눈을 붙잡으려다
추락이다, 모두가

〈우리가 하는 말 중에 가장 귀한 보물이 뭔지 아니?
코딱지나 후빌 만큼 남아도는 시간, 그게 인생이야
절대로 외울 수 없는 것, 가질 수도 없는 것, 지나쳐 가기
만 하는 것〉

세상과 싸운다고 그거 참 대단한 일이다
싸우지 않는다고 그것도 참 대단한 일이다

살다가 사람이 변하는 것은
참으로 뜻밖의 일은 아니다, 물론 변하는 것은
성격이나 기질이 아니다, 이제 그만 놀라고 싶다

떨어져라 하면 떨어지고

끊어져라 하면 끊어진다
물론 지금 내가 개 목줄 얘기를 하는 것은 아니다
의문을 품을 때 사람은 문득 아름다워지기 시작한다

비참하고 아름다운 말의 시간

　　　　"대단한 삶과 아무것도 아닌 삶 사이에 비가 내린다. 너무 얇다. 대체 이 고립감은 뭔지. 내리는 빗속에서"라는 글을 써 놓고 며칠이 갔다. 그사이 질문하는 글을 쓰고 답변하는 시간을 기다리고, 그사이에 들어차는 생각조차 너무 얇다고 생각될 때, 우리는 한 장의 인화지처럼 어떤 장면을 본다. 어떤 장면에 빠진다.

삶이 던져 주는 이런저런 생각들보다 앞서서 오는 단 한 장면. 장
면들. 그것들이 모여 누군가는 시를 쓰고 누군가는 거기서 다시 생
각보다 앞서서 오는 어떤 장면을 떠올린다. 이미지라고 해도 좋고
단순히 어떤 인상이라고 해도 좋다. 주변은 소란스럽고 주변은 어
수선하고 그 가운데서도 어떤 문장은 시선을 잡아끈다. 비참함과
아름다움 사이에 놓인 문장. 아니 비참함과 아름다움을 분리할 수
없는 문장. 그 문장의 주인공에게 묻는다. 아름다움과 비참함이 범
벅된 어떤 얼굴에 대해서. 그것이 어쩌면 시인가? 당신의 시인가?
아니, 그것이 삶인가? 우리의 삶인가? 물어봤자 답변은 결국 시로
돌아올 테지만, 시로 돌아와야 마땅하지만, 그럼에도 묻는다. 답
변을 기다리면서 다시 며칠이 가고 있다.

김언 요즘 어떻게 지냅니까? 근황도 궁금하지만, 첫
시집 이후의 삶과 심경의 변화에 대해서도 궁금해하는 분들이 분
명 있을 건데요, 2004년에 첫 시집이 나왔으니 근 십 년 간의 안
부를 묻는 질문이 될 수도 있네요. 누군가 박판식 시인의 시를 이
해하고 더 사랑하기 위해선 꼭 짚고 넘어가야 할 시간이기도 할 것
같아서 묻는 겁니다. 이참에 두 번째 시집에 대한 소식도 함께 들
려주면 좋겠네요.

박판식 제가 실은 사오정입니다. 오해도 잘하고요. 요

즘 어떻게 지내느냐 이 말이죠? 알고는 지내지만 자주 연락은 하지 않는 사람들과 전화를 하다 보면 최근에 어떻게 지내느냐는 말이 나오잖아요? 그때 제 입에서 그냥 나오는 말이 제 근황이 될 것 같네요. 잘 지냅니다.

시에 관해서 말하려고 하면 늘 이상한 지겨움과 토할 것 같은 느낌이 들어요. 최근에 첫 시집을 낸 출판사에서 『밤의 피치카토』를 다시 찍어 내려고 하니 원고를 보내 달라는 연락이 왔어요. 시를 빼거나 수정하는 것도 가능하다고 했고. 그 연락을 받았을 때 제가 받은 첫 번째 느낌은 솔직히 옛날 시들을 다시 꺼내 보기 싫다는 거였어요. 혐오감까지는 아니지만 저는 제 옛날 시들을 읽는 게 지겨워요. 집에 놀러 온 애인에게 자신의 옛날 사진첩을 보여 주는 기분이 이럴까 싶어요. 당혹스럽고 지겹고.

두 번째 시집은 내년 초에 나오게 될 것 같아요. 시집 기다린다는 말인사 듣는 게 기분 좋지만 사실 그런 말 액면 그대로 믿지는 않고요. 기다리던 사람들을 실망시킬까 봐 걱정도 좀 되네요.

김언 운 좋게도 두 번째 시집을 원고 상태로 먼저 읽을 수 있었어요. 첫 시집에서부터 지속적으로 보이는 점을 먼저 말하자면, 박판식 시인의 시는 결국 생의 '비참함'과 '아름다움', 이 둘을 맷돌처럼 갈아서 나오는 여러 부산물로 읽힙니다. 가령 "비와 추위를 견뎌 내고 비참한 꽃이 핀다// 아름다운 날들이다"(「카프리올」)에서처럼, "비참한 꽃"과 "아름다운 날"이 병치되는 동시에 동거하는 시선에 대해서는 따로 비평적인 접근이 필요하겠지만, 그 전에 먼저 시인의 말을 들어보고 싶네요.

박판식 좋게 읽어 줘서 고마워요. 그 시는 그냥 리얼한 거예요. 어떤 고아원엘 갔는데 차마 들어가지도 못하고 밖에서 눈물만 철철 흘리는 사람이 있고, 저도 그냥 그 옆에 앉아서 추위에 떨고 있던 기억이 나네요. 어느 순간 개가 우릴 향해 짖기 시작했는데 그 개소리 듣고 쓴 시예요. 비평 붙일 만할 게 거의 없을 거예요.

김언 그렇지 않아요. 비참과 아름다움이 한데 읽히는 삶의 어떤 면면을 그렇게도 고집스럽게, 지속적으로 들여다보는 시선에 대해서는 어떤 식으로든 독해와 비평이 필요할 거예요. 단순히 한 개인의 시 세계가 아니라 인간 세계를 이루는 거대한 두 축으로 읽히기도 하는 것에 대한 얘기가 꼭 있어야 하고 당연히 있을 겁니다. 너무 무거운 쪽으로 빠지기 전에 조금 작은 질문으로 돌아가서 얘기해 봅시다. 처음에 어떻게 시를 쓰게 되었습니까? 그리고 언제부터 시인이 되고 싶다 혹은 되어야겠다는 생각이 굳혀졌는지요?

박판식 그 질문을 받으니 먼저 보들레르 생각이 나네요. 보들레르가 자신은 시인의 월계관 따위는 마차가 다니는 진흙탕에 던진 지 옛날인데 그걸 주워서 쓰려는 사람들이 있다고, 그 사람들이 이 시대의 시인이라고 백 년도 더 전에 냉소했던 거. 그래서 그런지 저는 시인이라는 말을 들으면 괜히 욕 듣는 거 같아요. 그냥 게을러서 짧은 글이나 끼적거리는 사람이지 저는 견자도 아니고 무슨 시의 후광 같은 것도 없어요.

중학교 때 특별활동 시간에 문예반에 나갔었는데 문예반 선생님이 제가 쓴 시를 읽고서는 어디서 베꼈냐고 하더라고요. 지금도 저한테 그 시가 있는데 다시 읽어 봐도 별로 잘 쓰지도 않은 걸 갖고 왜 그런 얘기를 해서 저의 마음에 이상한 시 욕심을 심어 줬나 모르겠어요. 평생 시 쓰는 사람이 되고 싶다는 생각은 대학 들어와서 국문과 선배들과 합평회를 하면서부터 했어요. 지금 생각해도 그 시절 선배들이 제게는 뮤즈네요. 그 사람들이 제게 젖과 꿀이 흘러넘치는 잔치를 베풀어 줘서 지금의 제가 있는 거 같네요.

김언 중학교 때 쓴 시를 지금도 가지고 있다니 나중에 구경 한번 시켜 주시길. (웃음) 그런데 어디서 베꼈냐는 말이 나왔다는 것은, 일단은 그럴 듯하게 잘 썼다는 말로 들리는데, 누구나 마찬가지겠지만, 습작 때나 등단 이후에나 좋아하는 시인이 있을 것 같아요. 작고 여부를 떠나서 시만 놓고 봤을 때 좋아하는 선배 시인이 있는지, 달리 말해 자신의 시에 영향을 미친 선배 시인의 이름을 말할 수 있는지요. 이런 질문은 시적으로 자립하지 못한 시인한테는 할 수 없는 질문이지요. 누군가의 영향을 온전히 벗어나서 그 흔적을 짐작하기 힘들 정도로 이미 자신의 시적 세계를 굳건히 세운 시인에게만 허용되는 질문인데요, 왜냐하면 시만 놓고 봐서는 그것을 알기가 어렵고 그래서 더 궁금하기 때문이지요. 자신이 좋아하면서 동시에 자신의 시에서 서서히, 어느 순간 완벽히 지워 버린 시인 혹은 시인들이 궁금하네요.

박판식 윤영도, 양승일, 변윤수. 솔직히 이런 질문을 들으니 등단을 안 하거나 못 하고 사라진 친했던 선배들이 제일 먼저 떠오르네요. 진짜 재주 있던 사람들은 사실 그 선배들인데……. 그 사람들이 지금 제 시를 읽고 있다면 얼마나 웃기겠어요. 저 바보도 시를 쓰네 하고. (웃음) 그 사람들 대신에 쓰고 있다는 느낌이에요.

김언 우리가 알 만한 기성 시인은 말해 줄 수 없을까요? 넘어가도 좋지만, 그래도 궁금하니까. (웃음)

박판식 패스할 수밖에 없는 것이 그 이름들이 너무나 많고 또 너무 적어요. 나는 나 아닌 것들로만 되어 있다는 말이 있는데, 내 시는 내 시 아닌 것들로만 이루어진 셈이니까.

김언 그게 정답인지도 모르겠네요. 내 시에 들어온 너무나 많은 이름들. 그러면서 또 너무나 적은 이름들. 개인적으로 좋아하는 시인한테는 빠짐없이 묻고 싶은 질문으로 넘어가 봅니다. 실제로 시 한 편 한 편을 어떤 식으로 만들어 나가는지 제조 공정이 궁금한데요, 물론 편편이 조금씩 다르겠지만, 대강의 윤곽은 잡아서 얘기해 줄 수 있을 것 같네요.

박판식 막노동하듯이 써요. 요령도 없이 그냥 힘으로, 힘으로 막 쓰는 편이에요. 그냥 앉아 있어요. 그러면 막 의식에서 하나마나 한 소리들이 나와요. 그런 식으로 10분의 9 정도의 시간을 흘려보내요. 그러면 남는 게 거의 없고 겨우 한 문장 정도 건져요. 그러면 그 문장을 계속 굴리고 굴리고 계속 굴리는 거예요. 그러면 시처럼 보이는 게 만들어질 때가 있는데, 그것도 거의 대부분 버려요. 그렇게 헛짓하고 헛짓하다가 시처럼 보이는 것들은 거의 다 버리고 이제 아닌 것부터 시작하는 거예요. 내가 모르는 말이 나올 때까지, 내가 하는 말이 아닌 말이 나올 때까지, 내 의식이 하는 말이 아닌 말이 나올 때까지 버티는 거예요.

김언 가장 시적인 말을 얻기 위해 시적으로 보이는 말이 없어질 때까지 기다리고, 궁굴리고, 심지어 헛짓이 되도록 계속 버틴다는 말, 인상적입니다. '시 = 내 의식이 하는 말이 아닌 말'에서 이제까지 내가 의식해 오던 말 너머의 말, 나도 모르게 고착되어 있던 기존의 의식을 넘어서는 말이 곧 시라는 걸 생각해 보게 되는데요, 한편으로 시적으로든 일상적으로든 누구나 다 아는 말을 되풀이하지 않는다는 얘기로도 들립니다. 여기에 대해서 좀 더 덧붙일 의견이 있는지요? 시가 되는 말과 시가 되지 않는 말에 대해서 얘기해 줘도 좋고요.

박판식 저한테 시란 대단찮은 중얼거림이에요. 내 안에 있는지 잘 몰랐던 늙은 여자나 거지, 아름다운 여자나 아이, 추한 여자나 개가 입을 열기 시작하면 저도 즐거워요.

김언 내 안에 나도 모르게 들어 있던 다른 인물이나 사물의 입이 열리는 순간, 그것이 시가 되는 순간이라는 얘기로 들립니다. 여기서 자연스럽게 다음 질문이 열리네요. 시인은 자신의 시로써 '시란 무엇인가?' 즉 시의 정의를 암묵적으로, 지속적으로, 고집스럽게 써 내려가는 사람일 텐데요, 그래서 시에 대한 정의를 새삼스럽게 내릴 필요가 없는 사람이기도 합니다. 그러나 시란 무엇인가와 관련해서 부득불 어떤 식으로든 발언을 해야 하는 시기가 오기도 하지요. 가령 지금과 같은 순간. 시인 박판식에게 시는 과연 무엇인가? 아니면 무엇이 시인가? 한편으로 무엇이 시가 아닌가? 시의 정수이자 본질을 묻는 질문이면서 시와 시 아닌 것의 경계를 새삼스럽게 묻고 싶네요. 과연 어디까지가 시이고 어디서부터 시가 아닌가? 이는 물론 자신이 생각하는 좋은 시에 대한 질문과도 자연스럽게 이어질 텐데요.

박판식 요즘 중들이 쓴 글을 많이 찾아 읽거든요. 고승들이 나이 들어서 환속해서 일반인으로 살다가 죽는 걸 보고 느끼는 게 많아요. 남아 있는 글들은 주로 아직 그들이 중노릇할 때 쓴 것들인데 환속해서 살면서는 대체로 글로 거의 남기지 않더라고요. 그런데 고승이던 시절에 그 사람들한테 깨달음이란 무엇인가, 도란 무엇인가 물으면, 엄청난 대답들을 하거든요. 근데 저한테는 그게 무슨 강박처럼 읽혀요. 시인도 비슷한 거 같아요. 시 쓰는 사람한테 만날 시가 뭐냐 물어봤자 시의 강박밖에 대답할 게 없는 거 같아요. 그런 질문만 하고 있으면 무겁고 괴로울 뿐이에요. 저는 고승이 아니라 뭐라 엄청난 대답도 못하지만 최근에 김영승 시인이나 박남철 시인의 시와 산문을 읽으면서 느끼는 게 많아요. 그분들의 글을 읽으면서 자극을 많이 받아요. 그분들은 노래 부를 때 의식적인 판단보다 먼저 무의식적으로 눈물부터 쏟아 내는 분들이라 저 같은 사람은 어떻게 당해 낼 재간이 없어요.

김언 너무 덩어리가 큰 질문이라 슬쩍 비껴가는 것 같은데, 그럼 마지막 대목이라도 답변해 줄 수 있을까요. 자신이 생각하는 좋은 시란 무엇인가 정도는 부담 없이 들려줄 수 있을 것 같아서 한 번 더 물어봅니다.

박판식 물론 최고의 시는 감동을 주는 시겠지만, 읽는 사람이 다양하게 그 미감을 재창조할 수 있게 오독의 함정을 풍요롭게 파 놓은 시들도 좋아해요.

김언 이미 역사의 한 페이지가 되고 있는, '미래파'라는 뜨거운 현장 혹은 전장에서 본인의 의도와 무관하게 한 발짝 물러나 있었던 것 같은데요, 미래파에 대해, 아니 그것을 한 발짝 물러서서 볼 수밖에 없었던 자신에 대해, 자신의 시에 대해 무슨 말이든 있을 듯합니다. 여전히 후일담처럼 남아 있는 사안이라 묻는 질문이기도 합니다. 한 가지 더. 미래파 이후 등장하여 최근 첫 시집이 쏟아지고 있는 1980년대생 시인들의 시는 어떻게 보고 있는지도 궁금하네요.

박판식 지금 한국 시인이라면 누구라도 권혁웅이라는 대단한 평론가가 호명해 준다는 게 기분 좋은 일이겠지요. 무슨 옛날 MBC의 10대 가수 가요제처럼 그런 데 뽑히면 좋겠지요. 대상은 받지 못하더라도 본상만 타도. (웃음) 그런데 한편으로 생각해 보면 계모임같이 느껴져서 그렇게 대수롭지 않게 느껴지는 것도 사실이에요. (웃음) 한편으로는 끼고 싶으면서도 한편으로는 거기에서 빠지는 것도 나쁘지 않다는 생각이에요. 지금 돌아보면 나름대로 다들 유의미한 문학의 거름이 되었다는 느낌이에요. 각자의 시세계를 구축해 나가고 이름을 얻어 나가는 과정에서 자연스럽게 형성되었던 에너지라는 생각이 드네요.

1980년대생들의 시는 꼼꼼히 읽는 편인데요, 혹시 놀라운 시인이 등장하지는 않았나 쫄아서요. (웃음) 다행인지 불행인지 엄청난 시인은 없더라고요. 아무튼 열심히 읽고 있어요. 후생가외라는 말이 있잖아요.

김언 후생가외라? 그럼 1980년대생 시인들에게 선배 시인으로서 들려주고 싶은 말은 없는지. 소위 말하는 '꼰대'의 입장이 아니라 당대에 조금 먼저 시를 써 온 입장에서 충심으로 들려주고 싶은 충고나 조언이 있다면. 물론 이 또한 까딱 잘못하면 꼰대가 되는 주문이 될 수도 있지만, 그럼에도 그걸 감내하고서라도 꼭 들려주고 싶은 말이 있다면 무엇일까요?

박판식 없어요. 모두의 상태가 그럴 수밖에 없는 최선의 꼴로 느껴지네요.

김언 최근 작업에서 '성(聖)서울' 연작이 많이 보입니다. '성(聖)'과 '서울'이 결합된 데서 대강 짐작이 가듯, 서울로 대변되는 현대 도시인의 삶을 언뜻 '성(聖)'과 거리가 가장 먼 지점에 놓이는 이미지들로 포착하고 있습니다. 마치 스냅사진을 보는 듯 빠르게 전환되는 장면 장면에서 성(聖)의 대척점이 곧 성(聖)과 다르지 않다는 시인의 의도가 자연스레 읽히는데, 이런 단순한 해석에 반박하거나 덧붙일 말이 있을까요.

박판식 한 열 편 정도 썼는데 지금은 안 써요. 제가 늘 언젠가 한번은 서울을 녹여 보리라 마음먹고 있는데 늘 녹아나는 쪽은 저예요. 그래서 당분간 안 쓰기로 했습니다. 그래도 몇 년 뒤에 다시 도전하고 싶고 살아 있다면 십 년쯤 뒤에도 또 도전하고 싶어요.

김언 실제로 이루어지든 이루어지지 않든 상관없이 십 년 이상을 내다보고 쓴다는 말로 들려서 반갑습니다. 그럼 시인으로서 십 년 이상 활동해 온 지금까지 돌이켜 봤을 때, 언제가 가장 힘들었는지 들려줄 수 있는지요. 반면에 시를 쓰면서 가장 뿌듯한 순간이 있었다면 그게 언제일까요?

박판식 시를 쓰면서 슬럼프가 없었어요. 저는 술에 빠진 술주정뱅이처럼 시에 중독된 사람이니까. 이상하고 건방지게 들릴지도 모르겠지만 그런 의도는 없고요. 그건 꼭 술 마시는 사람에게 술을 마시면서 가장 힘들었던 때와 뿌듯했던 순간을 묻는 것과 같아요. 술꾼은 술 마실 때 가장 좋고 술 마실 때 가장 괴로운 거죠. 답은 어쩔 수 없이 동어반복이 될 수밖에 없지 않을까 싶네요.

김언 술꾼도 술만 마시고 살지는 않을 겁니다. 혹여 시 이외에 따로 관심을 두는 분야가 있는지요? 아니면 따로 관심을 두고 싶은 것이 있는지?

박판식 없어요. 세상 도처에 도사린 시적인 것들에만 관심이 있어요. 특히 제가 늘 그냥 못 지나치는 거지들의 세계.

김언 거지들의 세계? (웃음) 의외다 싶으면서도 한편으로 이거 굉장한 무언가가 있을 것 같은 세계인데, 어쩌면 박판식 시인의 시를 이해하는 아주 중요한 키워드가 될 것 같은 예감이 드네요. 물질적으로든 정신적으로든 무언가가 없는 가운데도 풍성한 세계. 거기에 대해선 정말 오래 생각을 해 볼 것 같습니다. 이제 질문도 막바지를 향해 갑니다. 언젠가 이런 질문을 받고 난감한 적이 있어서 박판식 시인에게도 한번 돌려 봅니다. 자신의 시에서 버려야 할 점이 있다면? 반대로 자신의 시에서 더 필요한 것이 있다면?

난감하더라도 답변을 바랍니다.

　　　　박판식 머리로 쓰는 문장들이요. 그거 버리고 싶네요. 제게 필요한 건 문학적 재능인데 그런 걸 애초에 갖고 태어나질 못했으니 바라지도 않아요. 오히려 재능이 없어서 맨땅에 헤딩하는 식으로 시를 써요. 그리고 그편이 저한테는 나아요.

　　　　김언 머리로 쓰는 문장들을 버리고 싶다는 말일 텐데요, 실제로 그런 면이 본인의 시에서 얼마나 크게 차지하는지 모르겠지만, 분명한 것은 시인 박판식의 시를 신뢰하게 하는 이유에서 빼놓을 수 없는 점이, 매력적인 시편들 다수가 단순히 수사적 차원을 넘어서서 다가온다는 점입니다. 이건 인생의 쓴맛이든 단맛이든 어떤 맛을 진하게 맛본 이에게서만 나올 수 있는 구절이다 싶은 곳이 많아서 하는 말입니다. 가령 이런 구절들. "나는 더 이상 어린 날처럼 잠잘 때조차 아름답지 않다"(「상상동물 도감」), "눈앞이 캄캄한이란, 절대 비유가 아니라는 것을 겪어 본 사람은 안다"(「탁월한 오필리어가 되기 위해선 자신을 다 앓아야만 한다 아이리스」), "자기가 아닌 것은 끝내 자기 안에서 빠져나간다"(「언제나」). 이런 문장들에 대해 정작 본인은 어떻게 생각하는지 궁금하네요.

박판식 김언 시인이 그 구절들을 인용하니 죽을 맛이네요. 어린애가 뭘 알고 하는 말이 얼마나 되겠어요. 자기도 모르게 문득 말하고 난 후에 뜻도 생겨나는 거라고 생각해요.

김언 내친 김에 시답잖은 질문 하나를 더 곁들여 봅니다. 혹 시인이 되지 않았으면 무엇이 되었을까요?

박판식 군무원이나 뺀질거리는 회사원. 물론 도서관 사서가 된다면 더 좋겠지만. 힘들지 않았을까요. (웃음)

김언 본인도 힘들겠지만, 같이 근무하는 동료들도 힘들지 않았을까 싶네요. 농담이지만, 시인은 다른 사람을 위해서라도 시에만 충실하는 것이 좋을 때도 있는 것 같습니다. 이제 마지막 질문입니다. 앞으로의 계획에 대해 묻고 싶네요. 혹시 정말 시만 생각하고 있는 건 아닌지……. (웃음) 아무튼 시에서든 삶에서든 그 무엇에서든 계획하거나 구상하거나 하다못해 바라는 것이 있다면.

박판식 바라는 거 없어요. 소원은 이미 이루어져 있는데 다만 그걸 미처 깨닫지 못하고 있었을 뿐이라는 벤야민의 말이 생각나네요. 좀 문학적 수사를 보탠다면, 지금이 여름이라면 시원한 얼음에 레몬 들어 있는 물 한 잔이고, 물론 에어컨 바람 아래면 더할 나위 없고요, 지금이 겨울이라면 따뜻한 집에 있다가 반바지에 반팔 차림으로 아이스크림 사러 나가 보는 거예요. 그렇게 하고 다니는 젊은 애들 보면 부럽더라고요.

김언 기껏해야 계절에 얹어서 나오는 그 바람이 많은 시간을 관통한 뒤에 나온 바람이라서 허투루 들리지 않고 더 마음에 와 닿습니다. 더듬거리는 질문 하나하나에 고심해서 나온 답변이라서 또 고맙습니다. 모쪼록 건투를 빕니다. 건필을.

박판식 시에 관해 잘 알지도 못하면서 아는 체한 기분이라 마음이 내내 찜찜하네요. 김언 시인의 애정 어린 질문에 대답을 잘해야지 하면서도 시인은 시로 말해야만 한다는 얄팍한 생각 때문에 김새는 대답도 많이 한 것 같아 마음에 걸립니다. 김언 시인도 건필하기를 바랍니다.

질문과 답변을 마치며 문득 내년 초에 나올 그의 시집을 생각한다. 어떤 시집은 첨병처럼 도착한다. 도착해서 가장 처음 말을 한다. 그리고 어떤 시집은 지각생처럼 도착한다. 가장 늦게 도착해서 가장 나중 말을 한다. "내가 모르는 말이 나올 때까지, 내가 하는 말이 아닌 말이 나올 때까지, 내 의식이 하는 말이 아닌 말이 나올 때까지" 기다리고 기다려서야 나오는 말. 그래서 모두가 말한 뒤에도 더 할 말이 남아 있는 말을 감당하는 말. 그것이 박판식의 말이기를, 시이기를 굳이 바라지 않아도 소원은 이미 이루어져 있는 게 아닐까. 이 또한 소원일 수도 있겠지만, 내년에 불어올 비참하고도 아름다운 어떤 바람을 미리 맞으면서 문득 들었던 생각이다. 그는 충분히 기다렸고 이미 이루었다고. 이미 이루고 있다고.

어머니라는 순수한 물체

어머니는 말없이 그가 개울의 수풀 속에서 건져 온 알을 삶았다
김이 모락모락 나는 냄비 뚜껑을 열었을 때
그 안에는 깨진 알록달록한 껍데기와
새의 모양을 한, 생명도 주검도 아닌 무엇이 들어 있었다
탁탁탁 서늘한 도마 위로 튀어 오르는 눈알과

파드득거리는 깃털 뭉치

놀란 그는 눈을 뜨고 벌떡 일어나 거리로 뛰쳐나갔다

그 후로 어머니는 그가 가져온 것이면 무엇이든 삶았다

그가 세상에서 앓는 병은 무엇이든 고스란히 어머니에게로 옮아

갔다

어머니의 오래된 처방이다

—「어머니」 전문

　　　이 시를 읽은 여러 사람들의 평을 들었다. 그러나 정작 내 마음에 드는 평을 듣는 경우는 거의 없었다. 오늘 이 시에 관한 짧은 글을 써 달라는 청을 받고 뭔가를 쓰려니 이미 내 것이 아닌 것을 내 것이라고 주장하는 기분이 들어 이상했다. 그러나 한때 내 안에 있던 것들이라고 믿으니 몇 마디 죽은 말일지라도, 겨우 쓸 기분이 생겨났다.

　　　나는 지난 2년 동안 두 번의 이사를 했다. 그리고 그때마다 우연찮게 살던 집에 거울을 놓고 나왔다. 다시 옛집에 찾아갈 기회가 있어 그 버려지지 않은 거울들을 보았을 때 나는 이상한 광경을 그 안에서 보았다. 그 거울들 속에서는 나의 드라마가 여전히 끝나지 않고 있었다. 나는 관람자가 되어 내가 주연이고 조연인 거울 속의 그 드라마를 넋 놓고 보았다. 그러나 그 드라마는 얽히고 설키어 어디가 시작이고 끝인지 알 수 없었고 또 그 드라마에 무슨

숨은 뜻이 있는 것인지 없는 것인지조차 알 수 없었다.

아직 옛집에 사는 어머니도 내겐 거울이다. 나를 키운 건 팔 할이 어머니다. 그런데 가만히 들여다보면 정작 어머니에 관해서 아는 게 별로 없다. 지금 내 나이 때의 어머니는 어떤 사람이었을까? 매일매일 깨어날 때마다 내가 누군지 헷갈리는 정도이니, 내가 이 세상에 있지도 않은 시절이나 어린 시절의 어머니 이야기를 한다는 것은 얼마나 쓸모없는 일인가. 나는 술을 마시고 필름이 끊긴 사람처럼 언제나 지금 이 순간만을 보려고 애쓴다. 물론 어머니에 관해서도 그것은 마찬가지다.

나는 대체로 어머니에게 반항하는 것으로 지금의 나를 만들었다. 효자가 되려는 의지가 없었으니 그것은 별로 어렵지 않았는데, 정작 늙은 어머니가 지금도 나를 걱정하고 자신의 기대에 부응하는 인간으로 만들려고 애쓰는 것을 보면 살짝 동정의 마음이 생기지 않는 것도 아니다.

물론 나의 어머니도 세상의 수많은 훌륭한 어머니들이 남긴 일화들을 몇 가지쯤은 갖고 있다. 하지만 그 일화들이 나의 어머니에 관해 무엇을 말해 줄 수 있을까. 그러니 주위에서 가끔 돌아가신 어머니 사진을 고이 간직한 아들들을 볼 때마다 안쓰러운 기분이 든다.

꿈을 과연 행위라고 할 수 있을까. 나는 꿈에서 어머니가 돌아가신 꿈을 세 번 꾸었는데 그때마다 세상을 다 잃은 허망한 기분에 대성통곡을 하고 고아가 되어 넋 놓고 있었던 기억이 있다. 그러나 정작 어머니에게 그 꿈 때문에 안부 전화를 하거나 하지는 않았다. 어머니는 몇 번 죽을 고비를 잘 넘기셨고 큰 병을 앓은 사람답지 않게 요즘에도 활력이 넘치신다.

　　　　어머니 때문에 자유롭지 못하다고 느낄 때마다 나는 어머니라는 이상한 장애물을 넘기 위해 최선을 다했고 그 덕분에 시를 쓰는 시인이 되었다. '부처를 만나면 부처를 죽이고 조사를 만나면 조사를 죽이고 어머니를 만나면 어머니를 죽여라'라고 멋대로 중얼대는 사람이 되었다. 어릴 때 어머니는 무서웠고 엄격했으며, 가족의 희생자였다. 그때의 어머니를 존경한다. 그러나 정작 내가 어머니를 좋아하게 된 것은 요즘이다. 요즘 나의 어머니는 뒤늦게 자신을 찾아가는 중이다. 구복 신앙으로서의 불교가 아니라 진짜 내가 누구인가 알기 위해 절에 나가시는 어머니가 꽤 놀랍다.

　　　　나는 어머니가 스스로의 삶을 찾길 바란다. 가족의 오래된 처방으로 오랫동안 앓았으니 가족이라는 이상한 장애물을 뛰어넘어 자신의 구원을 찾길 바란다. 그러나 문득 어머니라는 푸른 구름이 알을 품으니, 어린 새들의 드라마가 슬프고도 황홀하다.

시간/기억, 풍경 그리고 침묵

1. 시간/기억

      1948년 8월 26일이나 1970년 11월 13일은 당신에게 시적으로 다가오는가? '네'와 '아니오'의 두 가지 경우 중에 당신은 어느 쪽인가? 위의 날짜들이 당신에게 시적으로 다가왔다

면 그 이유는 무엇인가? 또 시적으로 다가오지 않았다면 그 이유
는 무엇인가?

당신은 시간이나 기억을 사물처럼 구체적으로 말할 수
있는가? '무지개'나 '김수영', '나이팅게일'이나 '금붕어'라는 명사처
럼 사용할 수 있는가? 그렇다면 당신은 시인으로서 첫걸음을 뗐다
고 할 수 있다. 1948년 8월 26일이 아버지의 기일이거나 어머니
가 행방불명된 날이라면 당신의 감수성은 더 큰 자극을 받을 수도
있다. 하지만 당신이 엘리엇의 '시란 감정으로부터의 도피'라는 문
장을 접해 본 적이 있다면 이런 소재들이 갖고 있는 감상성의 한계
도 이미 알고 있을 것이다.

반면 1948년 8월 26일에 큰 사건이 일어나지 않았거
나, 오늘과 다를 바 없는 그저 그런 평범한 날들 중의 하루라면 어
떤가? 시적으로 느껴지는가?

시가 되지 않는다고 생각한다면 당신은 그저 그런 평
범한 시인은 될 수 있다. 하지만 개성적이거나 문제적인 시인은 될
수 없을 것이다. 왜 그런가?

엘리엇의 「번트 노턴」의 첫 구절을 보자.

현재의 시간과 과거의 시간은
둘 다 아마 미래의 시간에 현재하며,
또한 미래의 시간은 과거의 시간에 내포되어 있다.

만일 모든 시간이 영원히 현재한다면
모든 시간은 되찾을 수 없다.
있었을 뻔했던 것과 있었던 것은
하나의 끝을 지향하며 그 끝은 언제나 현재한다.

엘리엇에 의하면 모든 시간은 현재다. 과거뿐만이 아니라 미래마저도 현재의 시간이다. 엘리엇은 이 모든 시간들이 향하는 끝은 언제나 '현재'라고 말했다.

그렇다면 이미 지나가 버린 1948년 8월 26일도 현재의 시간이라 할 수 있는가? 물론 모든 시간은 현재의 시간이므로 당연히 그 시간도 현재의 시간이다.

시의 시제(時制)는 언제나 현재다. 그것은 과거에 있었던 일이나 미래에 있을 일, 또 있을 뻔했던 시간이 언제나 현재를 향하고 있기 때문이다. 이것이 문법에서 말하는 시제의 문제가 아니라는 사실을 당신도 이미 눈치챘을 것이다. 시는 모든 시간을 현재화하는 힘이 있다. 그렇다면 이제 마종기의 시를 읽고 그런 힘을 느껴 보자.

1. 옥저의 삼베

중학교 國史 時間에 東海邊 함경도 땅, 沃沮라는 작은 나라를 배운 적이 있습니다. 그날 밤 꿈에 나는 옛날 옥저 사람들 사이에 끼여 조랑말을 타고 좁은 산길을 정처 없이 가고 있었습니다. 조랑말 뒷 등에는 삼베를 조금 말아 걸고 건들건들 高句麗로 간다고 들었습니다. 나는 갑자기 삼베 장수가 된 것이 억울해 마음을 태웠지만 벌써 때늦었다고 포기한 채 씀바귀꽃이 지천으로 핀 고개를 넘어가고 있었습니다. 드디어 딴 나라의 큰 마을에 당도하고 금빛 요란한 성문이 열렸습니다. 무슨 이유인지 지금은 잊었지만, 나는 그때부터 이곳에 떨어져 살아야 한다는 말을 들었습니다. 아버지, 어머니가 옥저 사람이 아닌 것 같은데도 혼자서 이 큰 곳에 살아야 할 것이 두려워 나는 손에 든 삼베 묶음에 얼굴을 파묻고 울음을 참았습니다. 그때 그 삼베 묶음에서 나던 비릿한 냄새를 나는 아직도 잊을 수 없습니다. 그 삼베 냄새가 구원인 것처럼 코를 박은 채 나는 누구에겐지도 모르게 안녕, 안녕 계속 헤어지는 인사를 하였습니다. 아무것도 보이지 않아 헛다리를 짚으면서도, 어느덧 나는 삼베옷을 입은 옥저 사람이 되어 있었습니다. 오래전 국사 시간에 옥저라는 조그만 나라를 배운 적이 있습니다.

2. 乙亥年의 江
　—슬픔은 살과 피에서 흘러나온다.

　　　　　乙亥 殉教福者 최창흡

이 고장의 바람은 어두운 江 밑에서 자라고
이 고장의 살과 피는 바람이 끌고 가는 方向이다.
西小門 밖, 새남터에 터지는 피 江물 이루고
脫水된 영혼은 先代의 江물 속에서 깨어난다.
안 보이는 나라를 믿는 안 보이는 사람들.

희광이야, 두 눈 뜬 희광이야,
19세기 조선의 미친 희광이야,
눈감아라, 목 떨어진다, 눈 떨어진다.
오래 사는 江은 향기 없는 江
斬首한 머리에 떨어지는 빗물 소리는
한 나라의 길고 긴 슬픔이다.

3. 對話

아빠, 무섭지 않아?
아냐 어두워.
인제 어디 갈꺼야?
가 봐야지.
아주 못 보는 건 아니지?
아니. 가끔 만날꺼야.

이렇게 어두운 데서만?

아니, 밝은 데서도 볼꺼다.

아빠는 아빠 나라로 갈꺼야?

아무래도 그쪽이 내게는 정답지.

여기서는 재미없었어?

재미도 있었지.

근데 왜 가려구?

아무래도 더 쓸쓸할 것 같애.

죽어두 쓸쓸한 게 있어?

마찬가지야. 어두워.

내 집도 자동차도 없는 나라가 좋아?

아빠 나라니까.

나라야 많은데 나라가 뭐가 중요해?

할아버지가 계시니까.

돌아가셨잖아?

계시니까.

그것뿐이야?

친구도 있으니까.

지금도 아빠를 기억하는 친구 있을까?

없어도 친구가 있으니까.

기억도 못 해 주는 친구는 뭐 해?

내가 사랑하니까.

사랑은 아무 데서나 자랄 수 있잖아?

아무 데서나 사는 건 아닌 것 같애.

아빠는 그럼 사랑을 기억하려고 시를 쓴 거야?

어두워서 불을 켜려고 썼지.

시가 불이야?

나한테는 등불이었으니까.

아빠는 그래도 어두웠잖아?

등불이 자꾸 꺼졌지.

아빠는 사랑하는 나라가 보여?

등불이 있으니까.

그래도 멀어서 안 보이는데?

등불이 있으니까.

—아빠, 갔다가 꼭 돌아와요. 아빠가 찾던 것은 아마 없을지도 몰라. 그렇지만 꼭 찾아보세요. 그래서 아빠, 더 이상 헤매지 마세요.

—밤새 내리던 눈이 드디어 그쳤다. 나는 다시 길을 떠난다. 오래전 고국을 떠난 이후 쌓이고 쌓인 눈으로 내 발자국 하나도 식별할 수 없는 천지지만 맹물이 되어 쓰러지기 전에 일어나 길을 떠난다.

　　—마종기, 「안 보이는 사랑의 나라」 전문

우선 연작의 첫 번째, "옥저의 삼베"에 나오는 옥저 아이의 이야기는 물론 실제의 이야기가 아니다. 그런데도 이 시를 읽으면, 그 알 수도 없는 아득한 나라의 이야기가 현재의 이야기로 느껴진다. 엘리엇이 말한 시간의 현존성이 느껴지는 대목이다. 특히 삼베에서 나는 비릿한 냄새는 시간이 영원히 현재라는 것을 보여 주는 감각의 대상물이다. 있지도 않은 삼베 냄새를 기억해 내는 비릿한 감각에서 우리는 시가 만들어 내는 시간의 현재성을 느낄 수 있다.

두 번째 연작인 "을해년의 강"은 다른 두 소제목의 시에 비하면 역사적 알레고리로 읽히는 한계가 있다. 하지만 타자의 시간을 자아의 시간으로 바꾸는 방식은 음미할 만하다. 내 안에 있는 타자를 발견하거나 타자 안의 나를 발견하는 순간에 우리는 시적인 것을 발견할 수 있다. 좋은 시를 쓰기 위해서는 나를 내가 아닌 존재처럼 바라보는 시선의 힘, 혹은 다른 존재를 나처럼 바라보는 시선의 힘이 필요하다.

마지막으로 세 번째 연작인 "대화"는 독특한 방식으로 쓰였는데, 죽은 화자와 살아 있는 아이의 대화가 시공을 초월한 곳에서 행해진다. 마종기에 의하면 기억이란 어떤 특정한 시간의 장소다. 그곳은 할아버지와 친구들이 있는 곳이며, 지금 그들이 그곳에 없더라도 내가 기억하는 이상에는 현재에 존재하는 곳이다. 나아가 나와 나의 기억마저 사라지더라도 아이가 기억한다면 여전히 현재로 존재하는 곳이다.

마종기에 의하면 시인은 시간을 떠돌며 희미한 시라는 등불로 기억을 찾아 떠도는 존재다. 그렇다면 기억은 현재가 아니라 과거에 있는 것이 아니냐고 당신은 반문할지도 모르겠다. 물론 당신의 의문처럼 전혀 다른 시간관을 가진 시인들도 있다.

엘리엇이나 마종기가 유일한 정답일 수는 없다. 우리는 그런 시를 기형도, 진이정, 이연주에게서 볼 수 있다. 그중 가령 이연주의 경우를 보자.

바람난 에미가 도망치고 애비가 땅을 치고 울고

애비가 섰다판에서 날을 새고
그 애비의 아이가
애비를 찾아 섰다판 방문을 두드리고

본드 마신 누이가 찢어진 속옷을 뒤집어 입고
지하상가 쓰레기장 옆에서
면도날로 팔목을 긋고

세 살 난 막내가 절룩, 절룩 자라 가고
에미 애비와 누이의 일들을 거침없이 이해하고

오늘,

밤마다 도시가 하나씩 함몰되고, 나는

등불에서

등심지를 싹둑, 싹둑 잘라 내고

—이연주, 「가족사진」 전문

　　　이연주의 시를 읽으면 마치 이 세상의 일은 이미 결정
되어 있고, 인간은 그 결정된 운명을 수행해 내는 태엽 인형처럼 보
인다. 결정론적 세계관과 비극적 세계관이 가져온 염세주의는 시
간을 언제나 과거의 것으로, 또 갇혀 있는 것으로 만든다. 따라서
이 시간의 세계에서 아이는 거침없이 어른들의 일을 이해하고 시간
은 언제나 오늘이지만 오늘은 현재가 아니라 과거의 오늘이 된다.

　　　지금까지 몇 편의 시를 통해 시에서 시간과 기억이 어
떤 의미를 지니는지 간단히 엿보았다. 그럼 이제 앞서 언급한 날짜
들의 의미를 밝혀 보자. 1948년 8월 26일은 전태일이라는 노동자
가 태어난 날이고, 1970년 11월 13일은 그가 분신한 날이다. 만
약 이러한 실제의 사실을 알았다면 어땠을까? 앞서 언급한 날들이
좀 더 시적으로 읽히는가? 물론 그럴지도 모르겠다.

　　　하지만 그런 것을 모른다 하여도 가능한 시들이 있다.
'지금으로부터 이천 년 전에 대한민국이라는 나라가 있었고 당신은

그곳에서 불에 타 죽은 노동자와 함께 야유회를 갔던 평화시장의 어린 재단사 보조였다.' 만약 이런 문장을 당신이 썼다 하더라도 시에서는 이런 기억조차 거짓이 아니다.

이제 이 주제를 좀 더 밀고 나가 시에서 전혀 다른 종류의 시간과 기억이 가능한지 알아보자. 인간만이 시간과 기억의 주체가 아님을 보여 주는 시들이 있다. 기억을 매개로 인간과 사물이 치환되는 순간을 보자. 사물이 갖고 있는 기억이라는 것을 읽어 내는 순간 당신은 독특한 사물에 관한 시를 쓰고 있는 당신을 보게 될 것이다.

장지의 사람들이 땅을 열고 그를 봉해 버린다 간단한
외과 수술처럼 여기 그가 잠들다
가끔씩 얼굴을 가린 사람들이
그곳에 심겨진 비명을 읽고 간다

흙은 사각형의 기억을 갖고 있다
단단한 장미의 외곽을 두드려 깨는 은은한 포성의 향기와
냉장고 속 냉동된 각진 고깃덩어리의 식은 욕망과
망각을 빨아들이는 사각의 검은 잉크병과
책을 지우는 사각의 고무지우개들

오래 구르던 둥근 바퀴가 사각의 바퀴로 멈추어 서듯
죽음은 삶의 형식을 완성하는 것이다
미래를 예언하듯 그의 땅에 꽃을 던진다
미래는 죽었다 산 자들은 결코 미래에 도달할 수 없다
그러나 산다는 것은 얼마나 찬란한 한계인가
그 완성을 위하여
세계를 죽일 수 없음을 알면서도 날마다 살인을 꿈꿀 수 있다는
것은

폐허 속에서 살아 있다는 것은
망각 속에서 우리가 살인자라는 것을 일깨우는 것이다
풍성한 과일을 볼 때마다
그의 썩은 얼굴을 기억하듯

여기 그가 잠들다
여전히 겨울비는 내리고
흙은 사각형의 기억을 갖고 있다
　　　—송찬호, 「흙은 사각형의 기억을 갖고 있다」 전문

　　　마지막으로 시간과 기억에 관한 문제를 말과 연관 지
어 생각해 보자. 기억을 왜곡시키는 것이 시간이라고들 생각한다.

하지만 기억의 왜곡은 말에서 온다고 생각하는 사람들도 있다. 당신은 당신이 겪은 일을 다른 사람에게 전달하려고 할 때, 단 한 번도 같은 일을 전달할 수가 없다는 사실을 깨달은 적이 있을 것이다.
　　말은 매번 뒤바뀌면서 인간의 무의식에서 무언가 알 수 없는 것들을 길어 올리고, 나태한 일상에 충격을 가해 매 순간을 낯설게 만들려고 한다. 그리고 시라는 것은 그런 말들의 고통스러운 유희일 것이다. 김록의 「대화」를 읽어 보자. 무슨 말인지 무슨 뜻인지 모르지만 몇 번이고 음미하다 보면 문득 시간과 시간이 나누는 대화를 듣게 되는 순간이 온다. 지금이 어느 때인지 내가 누구인지도 모르지만 굳이 김록은 "0세기"라고 말한다. 당신이 현존하는 시간은 지금 어디인가? 그 시간을 느끼는 나는 누구인가? 시는 이러한 물음의 순간에 태어나기도 한다.

　　어디에도 속하지 않는 순간이 온다
　　없는 순간이 온다
　　내 옆에 사람들이 누워 있다
　　가 버리는 순간이 온다
　　내 옆에 소리가 없다
　　내가 들은 것은 반쯤은 죽은 소리.
　　반쯤은 살아서 가 버렸다

일정한 형체가 없는 순간이 온다

쉬지 않는 시간이 열린다

내 옆에 부호(符號)들이 사라진다

다른 형태로 다시 기억된다

내 옆에 0세기가 있다

내가 아는 것은 짜임새 정도.

격(格)이 다시 태어났다

—김록, 「대화」 전문

2. 풍경

키츠의 시구, "들리는 소리는 아름답다, 그러나 들리지 않는 소리는 더 아름답다"라는 문장을 당신도 한 번쯤은 들어 보았을 거다. 그렇다면 '보이는 풍경은 아름답다, 그러나 보이지 않는 풍경은 더 아름답다'라고 하면 어떨까.

시의 입문 단계에서 당신은 집이나 사람, 꽃병이나, 개, 나무, 구름을 스케치해 본 경험이 있을 것이다. 그러나 막상 그것들에 관해 묘사하거나 진술하려고 하면 생각 외로 그 일이 어렵다는 것도 경험했을 것이다.

사물과 풍경에 관한 묘사나 진술은 어렵다. 사물들의

상투적인 이름, 말의 힘에 눌려 그것들이 가진 본래의 모습이나 의미에 접근하기가 힘든 것이다. 그러나 시를 쓰기 위해서라면 당신은 꾸준히 관찰하고 사색해야만 한다. 그리고 관찰하고 사색한 그것들에 관해 묘사하고 진술하는 문장 수련을 해야만 한다. 그 외엔 어떤 지름길도 없다.

가령 릴케의 「표범」이라는 시에서 제목을 가리고 시를 읽어 보라. 표범의 이미지를 단번에 떠올리기는 쉽지 않을 것이다. 릴케는 표범이라는 상투적 이름 안에 들어 있는 알 수 없는 존재의 의지의 작용과 힘의 움직임을 찾아냈다.

이 시는 "화가나 조각가처럼 자연 앞에서 가차 없이 파악해 내고 모방하면서 작업하기"를 촉구한 로댕의 영향 아래서 릴케가 자신에게 부과한 엄격하고 훌륭한 수업의 첫 결실이었다(1926년 3월 17일자 서간문). 릴케의 사물시를 읽어 보라. 그러면 상투적인 이름과 말의 의미를 뛰어넘어 그 안에 존재하는 본래의 이름이나 의미 또는 힘의 작용을 그려 내는 작업이 곧 시 쓰기라는 것을 알 수 있다.

그리고 당신이 지금 표범에 관한 시를 쓰게 된다면 그 누구와도 같지 않을 이유도 여기에 있다. 누구나 각자의 시선으로 세상을 보고 있고 그 세상은 그 누구의 세상과도 같지 않다. 당신만의 유일한 세계인 것이다. 시의 세계에서는 그러한 눈을 개성이라 부른다.

그의 시선은 지나치는 창살에
하도 지쳐, 더는 아무것도 붙들지 못한다.
그에게는 흡사 수천의 창살만 있고
수천의 창살 뒤에는 아무 세상도 없는 듯하다.

극히 작은 원을 그리며 맴돌고 있는
날렵하게 힘찬 발걸음의 부드러운 행보는
위대한 의지가 마비되어 서 있는
중심을 도는 힘의 춤사위 같다.

다만 이따금 동공의 장막이
소리 없이 걷힐 뿐. 그러면 하나의 상이
사지의 팽팽히 뻗은 고요를 지나 안으로 들어간다
그리고는 심장에 가서 존재하기를 그친다.
—릴케, 「표범—파리, 식물원에서」 전문

　　　풍경이나 사물을 있는 그대로 파악하고 모방하기가 가
능해졌다면(물론 이런 솜씨를 갖추는 것만도 어렵지만) 이제 좀 더
어려운 작업으로 들어가 보자. 풍경이라고 하면 강이나 바다, 하
늘이나 산을 떠올리는 사람들이 많겠지만, 세상의 모든 사물들은
관찰할 수만 있다면 그 무엇도 풍경이 된다. 심지어는 사람의 내면

마저도 풍경이 된다.

　　　　김소월의 「왕십리」라는 시가 있다. 왕십리에 가 본 사람도 있을 테고, 가 본 적이 없거나 심지어는 왕십리라는 지명을 처음 들어보는 사람도 있을 것이다. 하지만 김소월의 「왕십리」라는 시를 대하는 순간, 그곳은 실제 왕십리의 풍경이 아니라 한 인간의 내면에 새겨진 풍경으로 질적 변화를 겪는다(김소월의 「왕십리」를 읽고 실제 왕십리를 가 보면 실망할지도 모른다. 그렇다면 역설적으로 김소월의 시는 성공한 셈이다). 당신에게도 아마 김소월의 「왕십리」와 비슷한 풍경이 있을 것이다. 만약 당신에게도 그런 풍경이 있다면 그것에 관해 써 보라. 그러면 당신은 세상에서 유일한 당신만의 풍경을 가지게 될 것이다.

　　비가 온다
　　오누나
　　오는 비는
　　올지라도 한 닷새 왔으면 좋지.

　　여드레 스무 날엔
　　온다고 하고
　　초하루 朔望이면 간다고 했지.
　　가도 가도 往十里 비가 오네.

웬걸, 저 새야
올랴거던
왕십리 건너가서 울어나다고,
비 맞아 나른해서 벌새가 운다.

天安에 삼거리 실버들도
촉촉이 젖어서 늘어졌다네.
비가 와도 한 닷새 왔으면 좋지.

구름도 山마루에 걸려서 운다.
—김소월, 「왕십리」 전문

　　　그런데 이보다 한층 더 난해한 풍경에 관한 시들이 있
다. 시를 사상이나 정서로부터 해방시키는 것이 가능할까? 박상
순이 그리고 있는 낯선 현대시의 풍경을 보자. 시의 화자는 티셔
츠에 그려진 양 세 마리와 그 배경인 풀밭을 사상이나 정서를 전
혀 담지 않은 형태로 진술한다. 관찰자의 감정이나 생각이 거의 드
러나지 않는다. 이 정도라면 구상화가 아니라 한 폭의 추상화라고
해도 좋을 정도다. 티셔츠에 새겨진 양 세 마리의 풍경은 형이상
학의 풍경이라 부를 만하다. 그런데 아이러니하게도 현대시가 대

중으로부터 멀어지는 지점도 여기다. 이 지점에서 어디로 갈 것인 지는 순전히 당신의 몫이다. 당신은 박상순의 풍경이 시로 읽히는 가, 그렇지 않은가?

풀밭에는 분홍나무
풀밭에는 양 세 마리
두 마리는 마주 보고
한 마리는 옆을 보고

오른쪽 가슴으로
굵은 선이 지나는
그림 찍힌
티셔츠

한 장 샀어요
한 마리는 옆을 보고
두 마리는 마주 보고

풀밭에는 양 세 마리
한 마리는 옆을 보고
두 마리는 마주 보고

오른쪽 가슴으로

굵은 선이 지나는

그림 찍힌 티셔츠

한 장 샀어요

한 마리는 옆을 보고

두 마리는 마주 보고

　　　　—박상순, 「양 세 마리」 전문

3. 침묵

　지혜가 깊을수록 모가 드러나지 않으며 훌륭한 예술품일수록 기교가 드러나지 않는다. 예술가란 보는 사람이라는 말을 거듭하게 된다. 예술가란 눈이 열린 사람이다. 예술가는 창조하지 않는다. 왜냐하면 모든 것이 이미 창조되어 있기 때문이다. 예술가가 하는 바는 재현하는 일이다. 그것도 일체의 요소를 가지고서가 아니다. 한 가지 또는 몇 가지의 요소를 가지고서 재현한다. 예술가는 마술사가 아니다. 진정한 복제(複製)는 할 수 없다. 예술가가 만드는 것은 실재가 아니다. 창조의 환각이다. 예술가의 눈이 잘 보이면 잘 보일수록, 예술가의 재현은 그만큼 완전한 환각이 된다. 예술가는 그것에 견실성을 줄 수가 있다. 색채와 온열(溫熱)과 운동과의 등량가(等量價)를 줄 수가 있다. 그리고 만약, 예술가의 보는 바가 충분히 깊다면 정신과 정서와의 환각을 줄 수가 있고, 또 세상 사람들이 전혀 본 적도 없는 정신조차도 나타내 보일 수가 있다.　　　　—로댕

로댕의 어록에서 발췌한 위의 구절을 제대로 이해했다면, 당신은 이미 좋은 시인이다. 로댕의 말을 빌려 말하자면, 시인은 시를 창조하지 않는다. 시인은 재현하는 일을 할 뿐이다(겸손한 의미에서). 그러면 시인은 무엇을 재현하는가? 보통 사람이 보지 못하는 정신과 정서의 어떤 양상을 재현하는 일이다.

그렇다면 어떻게 해야 우리는 보통 사람이 잘 보지 못하는 것들을 볼 수 있는가? 로댕은 예술가는 눈이 열려야 한다고 했다. 그러나 단순히 관찰한다고 해서 눈이 열리는 것은 아니다. 관찰을 하려면 우선 침묵할 줄 알아야 한다. 그러나 말하지 않는다는 것이 곧 침묵한다는 것과 동의어는 아니다.

네가 누구이든 좋다, 저녁이 오거든
속속들이 알고 있는 네 집에서 나와 보라.
그러면 너의 집은, 원경 앞에 서 있는 마지막 집이 된다.
네가 누구이든 좋다.

낡고 닳은 문지방에서 결코 떨어지려 하지 않는
너의 지친 눈으로
너는 서서히 한 그루의 검은 나무를 일으켜
그것을 넓은 하늘에 세운다, 가냘프고 고독하게
그리하여 너는 하나의 세계를 이루었다. 그 세계는 크고
침묵 속에서 익어 가는 말과 같다.
너의 의지가, 그 세계의 의미를 거머쥐면,
너의 눈은, 상냥하게 그 세계를 놓아준다.
—릴케, 「서시」 전문

　　　당신이 당신의 집 밖으로 나와 침묵하며 당신의 집을
바라보는 순간, 당신은 당신의 피로한 눈이 아니라 새로 태어난 눈
을 갖게 된다. 당신의 집은 아주 낯선 사물이 되고, 환각의 나무
한 그루가 당신의 내면에서 빠져나와 하늘로 길고 고독하게 뻗어
나간다. 그러면 당신은 당신만의 세계 하나를 가지게 되고, 그 의
미는 온전히 당신의 것이 된다. 그리고 당신은 소수의 무용한 낚
시꾼들이 그렇게 하듯이 당신의 것이 된 그 세계를 다시 자유롭게
놓아줄 수도 있다.
　　　그러나 릴케가 재현해 낸 세계는 아주 쉽게 그려 낸 듯
이 보이지만 그렇게 만만하게 그려 낼 수 있는 세계는 아니다. 고
독과 고통과 침묵이 동반되어야 하며, 감상에 사로잡히지 않을 때

에야 겨우 보이는 세계다. 즉 침묵하되 그것이 단순한 말없음이 아니라는 것을 알아야만 볼 수 있는 세계다. 침묵이 영글어서 저절로 떨어지는 순간, 우리는 언어라는 의지로 그 의미를 거머쥘 수도 또 자유롭게 놓아줄 수도 있다.

어느 해 봄이던가, 머언 옛날입니다.
나는 어느 親戚의 부인을 모시고 城 안 冬栢나무 그늘에 와 있었습니다.
부인은 그 호화로운 꽃들을 피운 하늘의 部分이 어딘가를
아시기나 하는 듯이 앉아 계시고, 나는 풀밭 위에 흥근한 洛花가
안씨러워 줏어 모아서는 부인의 펼쳐 든 치마폭에 갖다 놓았습니다.
쉬임 없이 그 짓을 되풀이하였습니다.

그 뒤 나는 年年히 抒情詩를 썼습니다만 그것은 모두가 그때 그 꽃들을 주서다가 디리던— 그 마음과 별로 다름이 없었습니다.

그러나 인제 웬일인지 나는 이것을 받어 줄 이가 땅 위엔 아무도 없음을 봅니다.
내가 주워 모은 꽃들은 제절로 내 손에서 땅 우에 떨어져 구을르고 또 그런 마음으로밖에는 나는 내 詩를 쓸 수가 없습니다.
—서정주, 「나의 詩」 전문

머언 옛날 어느 친척 부인의 치마폭에 꽃을 주워다 갖다 놓는 일, 그리고 쉼 없는 그 일의 되풀이를 시라고 서정주는 말한다. 왜인지, 무엇 때문인지를 설명하지는 않지만 침묵 속에서 우리는 그 사건의 현장에 함께 있다고 느낀다. 우리는 이와 같은 감정의 상태를 공감이라고도 하고 이심전심이라고도 한다. 말로 하는 표현도 아름답지만 말로 하지 않는, 혹은 말로 할 수 없는 표현도 아름답다.

나아가 침묵 속에서 이루어지는 반성적 사고도 시가 될 수는 있다. 그러나 시는 반성을 넘어서는 침묵의 순간에 온다. 김현승과 같은 시인은 부정의 부정은 단순한 긍정이라고 말하지 않는다. 침묵은 고독을 가져오지만 그것은 감상적 외로움과는 전혀 다른 차원의 것이다.

너를 잃은 것도
나를 얻은 것도 아니다.

네 눈물로 나를 씻겨 주지 않았고
네 웃음이 내 품에서 장미처럼 피지도 않았다.
그러나 그것도 아니다.

눈물은 쉽게 마르고

장미는 지는 날이 있다.
그러나 그것도 아니다.

너를 잃은 것을
너는 모른다.
그것은 나와 내 안의 잃음이다
그것은 다만……
—김현승, 「고독」 전문

　　　그러나 침묵하기 위하여 말하지 않거나, 침묵 그 자체
를 위해서 침묵하는 일은 시 쓰기에 도움이 되지 않는다. 시(詩)를
말의 사원이라는 뜻풀이대로 이해하는 것은 어리석다. 시는 사원
에도 있지만 시장에도 있다. 침묵하는 것은 결국 잘 듣는 것, 잘 말
하는 것과 같은 궤에 있는 것이다.

김 교수님이 새로운 학설을 발표했다
소리에도 뼈가 있다는 것이다
모두 그 말을 웃어넘겼다, 몇몇 학자들은
잠시 즐거운 시간을 제공한 김 교수의 유머에 감사했다
학장의 강력한 경고에도 불구하고
교수님은 일 학기 강의를 개설했다

호기심 많은 학생들이 장난삼아 신청했다
한 학기 내내 그는
모든 수업 시간마다 침묵하는
무서운 고집을 보여 주었다
참지 못한 학생들이, 소리의 뼈란 무엇일까
각자 일가견을 피력했다
이 군은 그것이 침묵일 거라고 말했다.
박 군은 그것을 숨은 의미라고 보았다
또 누군가는 그것의 개념은 중요하지 않다고 했다.
모든 고정관념에 대한 비판에 접근하기 위하여 채택된
방법론적 비유라는 것이었다
그의 견해는 너무 난해하여 곧 묵살되었다
그러나 어쨌든
그다음 학기부터 우리들의 귀는
모든 소리들을 훨씬 더 잘 듣게 되었다.
―기형도, 「소리의 뼈」 전문

      그리하여 이제 침묵이 시를 쓰게 한다는 명제를 뒤집
을 때가 왔다. 침묵이 시를 쓰게 한다는 것은 누구나 아는 사실이
다. 하지만 소음이나 절규, 말더듬이의 말이 시가 되는 순간이 있
다. 우리는 사원이 아니라, 시장에서도 공사장에서도 학교에서도

감옥에서도 전쟁터에서도 시적인 순간을 경험하고 그 순간을 재현해 낸다.

침묵하는 당신의 귀에 이상한 소리들이 들려온다면 과감하게 그 말들을 베껴 나가기 시작하라. 다다와 초현실주의자들에게 보였던 세계가 당신에게도 열릴지 모른다.

어디서 울음소리가 드 들려
겨 겨 견딜 수가 없어 나 난 말야
토 토하고 싶어 울음소리가
끄 끊어질 듯 끄 끊어지지 않고
드 들려와

야 양팔을 벌리고 과 과녁에 서 있는
그런 부 불안의 생김새들
우우 그런 치욕적인
과 광경을 보면 소 소름 끼쳐
다 다 달아나고 싶어
도 同化야 도 童話의 세계야
저놈의 소리 저 우 울음소리
세 세기말의 배후에서 무 무수한 학살극
바 발이 잘 떼어지지 않아 그런데

자 자백하라구? 내가 무얼 어쨌기에

소 소름 끼쳐 터 텅 빈 도시
아니 우 웃는 소리야 끝내는
끝내는 미 미쳐 버릴지 모른다
우우 보우트피플이여 텅 빈 세계여
—이승하, 「畵家 뭉크와 함께」 전문

1980년대에 관한 기억

        1990년에 강창민은 시집 『물음표를 위하여』를 내면서 자서에 "험난하고 고통스럽고 달콤했던 80년대의 내 일기일 뿐이다. 보면 볼수록 편협하고 개인화된 세계와 궁상맞은 표정과 내 식의 상투성 같은 것이 모두 무척 역겹다. 이제 이것들과 이별하고 싶다. 또 이별?"이라고 썼다.

시를 일기라고 고백하면서 자신의 시를 역겹다고 하는 그의 자의식이 지금의 나를 질질 끌고 다니는 기분이다. 하지만 나는 그의 자서가 어쩐지 마음에 든다. 왜냐하면 역설적으로 그는 질리지 않는 아름다운 시를 시집 속에 남겼기 때문이다. 자유롭기 위해서 우리는 새가 될 필요가 없다. 날기 위해선 오히려 구속을 알면 된다. 내 발이 땅에서 조금도 떨어질 수 없음을 깨닫는 순간, 중력의 힘이 오히려 우리를 날게 한다.

바람이 왜 부는지, 강은 왜 마르는지, 나는 또 왜 죽고 싶은지 우리는 모른다. 답이 없는, 아니 알아도 대답할 수 없는 질문이다. 우리는 소리치고 깨지고 싶다. 그 순간 참을 수 없는 고통이 우리를 죽음으로 내몰 때 이상하게도 우리의 목에서는 절규가 아니라 노래가 나온다. 고통과 절망의 기압골에서 불어 나오는 이상한 바람이.

바람이 불었다

'죽고 싶어'라고 속삭였고 나는 듣지 않으려 노래를 불렀다. 바람은 내 옷깃을 들치고 머리칼 흩날리며 여자처럼 속삭인다. 나는 싫다고 소리치려 했지만 '나도 그래'라고 말해 버렸다. 그때 강이 보였다. 번쩍거리며 흘러가는 시간이 바람에 일렁이며 애드벌룬처럼 떠 있는 새 한 마리를 본다. 하늘에는 바람이 낄낄거리며 '너 혼자 죽어'라며 내 귀를 간지럽혔다. 나는 돌멩이를 집어던졌다. 강이 더욱 번

쩍거리며 와그르와그르 사랑처럼 깨지기 시작한다. 나는 붉은 사과
가 먹고 싶었다. 왜 지금 사과가 먹고 싶은지 모른다. 마른다. 강이
마르기 시작하자 바람은 더 불지 않는다.

　　바람이 불었다.

　　ㅡ강창민, 「아름다운 노래」 전문

　　　　1989년에 나온 시집 『땅의 뿌리 그 깊은 속』의 자서
에서 배진성은 자신의 시를 유서에 빗댄다. 하지만 유서라니, 시
를 유서처럼 쓸 수 있는 절박함이 무엇인지 솔직히 나는 지금도 모
르지만 그 자세는 나쁘지 않게 느껴진다. 1980년대에는 이렇게
썼다. 조금은 놀랍다. 그러나 죽음에 직면한 자만이 느낄 수 있는
이상한 평화와 고요, 그 정적은 소음으로 꽉 찬 세계보다 더 내밀
하다. 풍경이 풍경으로만 머무르지 않는다. 일점원근법과 리얼리
즘적 소실점이 붕괴되고 내가 풍경이 되고 풍경이 내가 된다. 아니
김수영 식으로 내가 풍경을 반성하게 된다. 풍경이 풍경을 반성하
게 된다. 그러나 그 반성은 이성의 반성이 아니라 온몸으로 체현하
는 반성이다. 새가 나인가, 꼬꾸라진 고추나무가 나인가, 젖은 여
자가 나인가? 아니, 그런 살벌한 평화야말로 내가 아닐까라고 이
시는 내게 묻는다.

　　나는 밭 가운데 너븨바위에 앉아 있었다

아침 시선은
고춧대 하나에 꽂혀 있었다
외톨이처럼
뽕나무 가지 버팀목이 없었다

참새 한 마리가 날아와 앉았다
고춧대가 휘청거렸다
또 한 마리가 날아왔다
고춧대가 드디어 꼬꾸라졌다

새는 약속처럼
한꺼번에 떠났다
고추나무는
끝끝내 일어서지 못했다

그러한 밭에서 걸어 나온 길로
살벌한 평화처럼
젖은 여자가 걸어가고 있었다
―배진성, 「길이 있는 풍경」 전문

1989년에 나온 시집 『누가 두꺼비집을 내려놨나』에

서 장경린은 시를 무용(無用)한 노동이라고 했다. 개를 끌고 진달래꽃 핀 산길을 올라가는 사나이들의 손에 쥐어진 각목이 자신에게 시를 쓰도록 하게 한 힘이라고 했다. 나는 대학 시절 흙먼지라곤 전혀 일지 않는 명동 화교소학교 벤치에 앉았다가 피로 때문에 잠시 잠들었던 적이 있다. 그땐 장경린의 시를 몰랐을 때인데 서울의 빌딩 숲 속에 들어앉은 이 학교가 서울의 이방인인 나에겐 이중의 낯설음을 느끼게 했다. 빈틈이라곤 없어 보이는 서울에서 국경선을 넘어가 맛본 낯선 쾌감이 이 시를 읽으니 문득 되살아난다.

　　　　릴케가 말했듯이 우리는 살기 위해서가 아니라 죽기 위해서 이 도시로 온다. 하지만 도시는 우리를 죽음 이후에도 놓아주지 않는다. 우리가 살고 있는 이 도시는 머나먼 나라의 국경보다도 아득하다. 그래서 화교 아이들의 목소리는 죽음 너머에서 들려오는 것처럼 슬프고도 명징하다.

　　이 얼 싼 쓰
　　우 류 치 빠
　　명동가 83번지 화교소학교
　　열 살 남짓
　　스무 명 남짓한 아이들이
　　앞으로 굽혔다가
　　뒤로 젖혔다가

허리 운동을 합니다
뿌얀 모래먼지 이는 운동장
담장을 타고 넘는
이 얼 싼 쓰
우 류 치 빠
조국은 크고 머나먼 나라
굽혀도 굽혀도
손끝에 발등이 닿지 않는
머나먼 나라
─장경린, 「허리 운동」 전문

　　　책장에서 마음의 손이 가는 대로 이 세 편을 골랐다.
돌이켜 보면 이 시절엔 시를 일기로, 유서로, 혹은 노동으로 썼
다. 하지만 어떻게 썼든 이 시절의 좋은 시는 결국 노래가 되었다
는 것을 깨닫게 한다. 그리고 이것은 비단 1980년대의 특수성만
은 아닐 것이다.
　　　마지막으로 인용할 시는 이문재의 『내 젖은 구두 벗어
해에게 보여 줄 때』라는 시집에서 골랐다. 1988년에 나온 이 시집
의 자서에서 시인은 자신이 시인이라는 사실이 싫으며 죽이고 싶
다고 고백한다. 그의 시집을 반복해서 읽으며 저물녘의 황혼을 떠
올렸던 기억이 새삼스럽다. 그는 자신을 죽일 듯이 혹사하여 맑은

코피를 쏟아 내며 시를 썼으리라. 시인은 세상의 그 누구도 울고 있지 않을 때도 혼자서 우는 이라고 했지만, 그의 초기 시를 읽으면 그 또한 사치라는 생각이 든다. 우리의 영혼에 구멍을 내는 도끼날 같은 시, 그런 시들이 더 읽고 싶어지는 2007년의 첫날이다.

형수가 죽었다
나는 그 아이들을 데리고 감자를 구워 소풍을 간다
며칠 전에 내린 비로 개구리들은 땅의 얇은
천정을 열고 작년의 땅 위를 지나고 있다
아이들은 아직 그 사실을 모르고 있으므로
교외선 유리창에 좋아라고 매달려 있다
나무들이 가지마다 가장 넓은 나뭇잎을 준비하러
분주하게 오르내린다
영혼은 온몸을 떠나 모래내 하늘을
출렁이고 출렁거리고 그 맑은 영혼의 갈피
갈피에서 삼월의 햇빛은 굴러떨어진다
아이들과 감자를 구워 먹으며 나는 일부러
어린 왕자의 이야기며 안델센의 추운 바다며
모래사막에 사는 들개의 한살이를 말해 주었지만
너희들이 이 산자락 그 뿌리까지 뒤져 본다 하여도
이 오후의 보물찾기는

또한 저문 강물을 건너야 하는 귀갓길은
무슨 음악으로 어루만져 주어야 하는가
형수가 죽었다
아이들은 너무 크다고 마다했지만
나는 너희 엄마를 닮은 은수원사시나무 한 그루를
너희들이 노래 부르며
파놓은 푸른 구덩이에 묻는다
교외선의 끝 철길은 햇빛
철철 흘러넘치는 구릉지대를 지나 노을로 이어지고
내 눈물 반대쪽으로
날개도 흔들지 않고 날아가는 것은
무한정 날아가고 있는 것은
―이문재, 「기념식수」 전문

「알렉산더와 해바라기꽃」을 읽고

인육시장이 열렸고
그 여자는 가마에 태워져 알렉산더의 천막으로 옮겨졌네
사람들이 사슴과 암사자의 젖을 가져왔고
그 여자는 그것으로 목욕을 했지
그리고 온몸에 향수를 발랐네

호각 소리 한 번 울리자
침대가 옮겨져 오고
알렉산더가 나타났지
알렉산더의 기쁨을 위하여.
그는 그 여자 곁에 누워 푹 잠들고
닭이 울어서야 깨어났지
그러자 그 여자는 발가숭이가 되어
알렉산더의 것이 되었으나 두 밤 뒤에는 버림받았네
낙타 등에 옮겨져 그 여자는
어떤 왕자의 것이 되고
향기로운 동산은 녹아내렸지
그러자 그 여자는 정승의 것이 되고
그리고 정승의 쉰한 번째 수행원의 것이 되었지
그리고 바다 영양(羚羊)을 잡았을 때
그리고 달이 유리알이 되었을 때
그 여자의 배꼽은 술잔이 되었네
왕과 그 아래 무리들은 그 여자를 마셨으니
그 여자 그들 옆에 어찌 누워야 하는지 알게 되었지
무지개! 우리의 이 겨울 하늘 위에 머물러 있구나
빨강 파랑 노랑 무지갯빛
우리 얼굴을 더럽히고 있네

먼지처럼, 끈적끈적한 아교처럼……
—무엔 베시소우, 「알렉산더와 해바라기꽃」(『팔레스티나 민족시
　집』, 실천문학, 1981) 전문

　　　　이 먼 나라의, 이 아득한 시간의 시를 어떻게 읽는 게
좋을까.
　　　　나는 꿈속에서 처음엔 알렉산더였고 두 번째는 어떤
왕자였으며 세 번째는 정승이었고 네 번째는 정승의 쉰한 번째 수
행원이었다. 그러나 나는 결코 발가숭이 여자가 되지는 못했다.
　　　　나는 이런 악몽에서 깨어나고 싶었다. 향기로운 동산
은 녹아내렸고, 바다 영양은 잡혔다. 그러니 이제 나를 풀어 달라
고 꿈의 신에게 빌었다. 나를 나의 꿈에서 떠나게 해 달라고. 그
러나 꿈의 신은 나를 다른 나라의, 또 다른 시간의 꿈속에다 풀어
놓았다.
　　　　역사에 서기 2006년의 여름은 어떻게 기억될까.
　　　　메트로폴리탄의 열기 속에서 매트릭스처럼 살아가는
존재와 테러와 전쟁으로 고통받고 신음하는 존재들이 공존하는 혼
돈의 시간.
　　　　위의 시에서 벌어진 일과 유사한 일들이 이천 년이 훌
쩍 넘은 지금에도 여전히 벌어지고 있으니, 시간이란 결국 진화하
거나 전진하는 것이 아니라 갖은 시공의 물질을 담고 침잠하는 저

수지와도 비슷한 것이리라. 하지만 그 순간에도 또는 지금 이 순간에도 어떤 상처 입은 시선은 보다 성숙한 깊이로 이 시간의 저수지를 응시하고 있다. 그리고 그 시간을 응시하는 아득한 시선을 우리는 때로 시라고 부른다.

역사의 시간과는 무관하게 영원한 현재성을 인간에게 느끼게 하는 유일한 장르인 시.

나는 지금 이 순간 꺾으려면 얼마든지 꺾을 수 있는 한여름의 해바라기 한 송이를 들여다보고 있다. 밤이 와도 오므라들 줄 모르는 자신의 커다란 꽃송이를 어쩌지 못해 다만 고개를 푹 숙이고 있는 나이라는 게 없는 신적인 존재, 하지만 마음만 먹으면 누구든 꺾을 수 있는 힘없는 존재.

그런데도 해바라기는 알렉산더보다 혹은 다른 강렬한 욕망의 어떤 존재들보다 오래 살아남아 지금 내 앞에서 나를 매혹하고 있다.

500년 전에 직공이자 물 긷는 사람이었던 시인 까르비는 "정말로 종교적인 사람은 무지개 전체로 살고 있다. 동물의 차원으로부터 신의 차원까지"라고 노래했다. 무지개도 아름답고 존재를 무지개에 비유한 까르비의 노래도 아름답다. 하지만 지금 우리의 하늘에 머물러 우리의 얼굴을 더럽히는, 끈적끈적한 욕망의 눈에 사로잡힌 무지개는 과연 아름다운 것인가.

그러나 시는 더러운 욕망조차 부정하지 않는다. 오히

려 시는 우리의 더럽혀진 욕망의 내부로 더 깊이 침잠한다. 그곳에서 시는 우리의 내면에 살고 있는 거의 신이라고 느껴지는 그 여자와 해바라기를 만나게 도와주는 무지개가 된다.

텔레비 속의 텔레비에 취한 아아 김수영이여[1]

　　　「명동백작」은 새로운 드라마인 동시에 낡은 드라마다. 아니다. 「명동백작」은 그냥 다큐드라마일 뿐이다. 나는 「명동백작」이라는 이 다큐드라마를 보면서 묻는다. 예술의 진정성과 드라마라는 장르가 과연 교감할 수 있는지. 김수영의 시와 산문을 통해 1950-60년대를 그려 온 나에게 이 드라마는 생동감이 넘친

---

1 김수영은 시에서 "텔레비 속의 텔레비에 취한 아아 원효여"라고 쓰고 있다.

84

다. 그러나 동시에 생동감이 없다. 내게 김수영과 박인환과 이중섭은 그럴싸한 가짜처럼 느껴진다. 그러나 이러한 나의 느낌 역시 그들의 본질과는 거리감이 있는 틀림없는 가짜일 것이다. 화면 속의 명동의 분위기와 그들의 대사와 몸짓에서 나는 무엇인지 모를 불편함과 안쓰러움을 느낀다. 그러나 긍정의 부분이 없는 것은 아니다. 대중문화의 수면 아래로 가라앉은 본격문화가 수면 위로 떠올라 오는 것은 분명히 고무적인 일이다.

어떤 기자는 이 드라마에서는 일반 드라마와 달리 음모나 영웅상 그리고 갈등이 중요한 것이 아니라 실존 예술가들의 생활상과 시대상을 보는 것이 중요하다고 했다. 적절한 지적이다. 그러나 갈등 없는 드라마가 존재할 수 있는가? 그들은 모두 갈등 속에서 살다가 죽었다. 작가는 시대상과 연관된 그들의 갈등에 주목하고 있다. 그러나 나는 그것과 더불어 음모나 영웅상의 절실한 부서짐과 갈등의 진정한 근원을 보고 싶다. 드라마가 과연 그것을 보여 줄 수 있을까.

나는 다시 처음의 생각으로 되돌아간다. 잘 짜인 허구는 편협하고 진부한 사실보다 낫다. 그러나 그 허구에 안주해서는 안 된다. 보았다는 환상이 주는 만족감에서 떠나야 한다. 드라마는 드라마일 뿐이다. 드라마의 문화사 재조명은 신선하다는 환상과 함께 또 다른 진부한 환상을 낳는다. 우리는 그렇게 쉽게 김수영, 박인환, 전혜린, 이중섭의 고뇌에 도달할 수 없다. 「명동백작」

은 그러한 진실의 역설적 성취다.

김수영이 죽기 1년 전에 쓴 시 중에 "텔레비를 보면서"라는 부제가 붙은 「원효대사」라는 시가 있다. "성속이 같다는 원효대사가 텔레비에 텔레비에 들어오고 말았다"라고 시작되는 시에서 아이나 식모는 활극이나 연애담을 기대한다. 그러나 김수영은 "텔레비 속의 텔레비에 취한" 원효를 완전히 새로운 시대의 원효로 바라보고 있다. 어쩌면 문제는 텔레비전에 있는 것이 아니라 텔레비전을 보는 우리의 눈에 있는지도 모르겠다. 원효 대신 마이크로가, 「제니의 꿈」의 '제니'가 허깨비처럼 오가는 것을 보았던 김수영마저 결국 텔레비전 속에 들어가 앉고 말았으니, 허깨비의 허깨비를 바라보는 안목이나 키워야겠다.

홍상수의 「하하하」와 이창동의 「시」

0. 그러자 아름답게 캄캄해졌다—라이너 쿤체

　　　　　영화의 엔딩 크레딧이 올라가고 관객이 할 수 있는 최고의 찬사는 이런 것이 아닐까? '그러자 아름답게 캄캄해졌다.' 이 표현은 두 영화 모두에 해당될 만한 찬사다. 그 아름다움에 대한 찬사가 하나는 어두운 객석의 방향에서 웃음과 함께 터져 나온다. 다른 하나는 스크린 너머의 어딘가에서 두려움과 고통과 함께 신비한 분위기로 흘러나온다.

이전 홍상수 영화의 인물들은 욕망의 장애를 겪고 있는 자들이다. 그 장애의 원인은 대개의 경우, 아버지의 부재나 어머니의 심리적 압박 등에서 찾을 수 있다. 그들은 어른이지만 어른이 아니다. 이 때문에 홍상수의 영화를 때늦은 성장영화라고 부를 수도 있다. 홍상수 영화의 인물들은 그 욕망의 장애를 극복하는 과정에서 희극적 해결책을 찾는다. 그들이 짓는 웃음은 득의만만했던 자가 경쟁자와의 경쟁에서 패배하고 난 후 짓는 쓴웃음이다. 그 좌절은 근대의 시작과 함께 몰락했던 귀족들의 경험담과, 또 귀족을 닮고 싶어 했던 젊은 부르주아와 예술가들의 실패담과 유사하다. 그 좌절이 지금에 와서는 돈과 권력에서 밀려난 쁘띠부르주아와 예술가들에게서 반복되고 있다. 홍상수는 그 사실을 날카롭게 직시하고 있다.

그런데 그의 관찰은 지금 희극으로 향하고 있다. 이것은 그가 이 비루한 세계를 힘겹게 살아 내고 있는 그의 인물들에게 주는 보상으로 보인다. 홍상수의 인물들은 이제 죽음이나 외국으로의 도피 혹은 소외가 아니라 치욕과 수모를 겪더라도 끝내 웃어 보일 수 있는 포용의 자세를 취한다. 지금에 와서야 홍상수 영화의 관객은 그의 영화를 보며 쓸쓸한 웃음이 아니라 심리적 해방감으로서의 웃음을 지을 수 있게 된 셈이다.

　　이창동의 영화 「시」에서 미자는 희극의 세계가 붕괴되고 해체되는 시기에 등장한 소외된 인간이다. 미자가 소통(행복)을 바랄수록 사회는 미자를 무시하고 더 밀어낸다. 가뜩이나 작은 미자는 더 작아진다. 작아진 미자가 시라는 비의적 탐구에 열중하는 것은 작아진 개인이 할 수 있는 최후의 버둥거림이다. 미자는 일상생활에서 떨어져 나가 아무도 모르는 것, 다른 이들은 듣지도 보지도 못하는 것, 불가사의한 것(죽음)을 향해 고개를 돌린다. 이것은 웃음이 이성과 비판 정신이 사라진 세계를 떠나 그 반대편의 끝에 있는 엄숙한 신화의 세계로 고개를 돌릴 때 생겨나는 현상이다. 어떤 이는 이 신화의 세계에 매혹되어 미자가 쓴 아네스의 노래에 감동할 것이다. 그러나 어떤 이는 아네스라는 유령의 출몰에 공포감과 거부감을 느낄 것이다.

　　행복하고 즐겁게 살려고 노력했던 한 늙은 여자가 시의 힘을 빌려 시간의 반대 방향으로 가려 한다. 그 늙은 여자는 놀랍게도 젊어지고 어려져서는 심지어 신화의 세계라 부를 만한 모태(물)로 회귀한다. 그러나 다행히 여자는 신화의 세계로 떠나기 전에 문장으로 쓴 시 말고도 문장으로 쓰이지 않은 다른 무엇인가를 우리에게 남겨 놓았다. 만약 문장으로는 쓰이지 않은 그 무엇인가가 없었다면 이 늙은 여자의 이야기는 신화의 세계로 가다 말고 비루한 산문의 세계로 추락하고 말았을지도 모르겠다.

89

1. 홍상수의 경우

반시(反詩)의 세계

홍상수의 영화는 연애담 형식을 취한다. 그는 연애를 굉장한 사건이나 모험이라고 여긴다. 연애는 사랑(행복)을 증명하는 방식이다. 홍상수의 인물들은 맹세와 계약, 심지어는 법의 힘을 빌려서까지 시련을 극복하고 사랑을 증명하려고 한다. 이번에도 여지없이 통영에서 여름의 웃음소리와 함께 두 편의 연애담이 딸려 온다. 「하하하」는 '夏夏夏'다. 자연스럽게 웃음소리가 들린다. 영화가 끝났는데도 어디선가 조문경(김상경)과 방중식(유준상)의 웃음소리가 들린다. 그런데 즐겁고 유쾌한 이야기만 하기로 하고서, 조문경과 방중식은 왜 그렇지 않은 얘기들까지 나누고 있는가. 그것은 그들이 자신들에게 찾아온 시련을 극복하기 위해 무던히도 애썼던 성실한 자들이기 때문이다. 그들은 자신들이 패배자임을 알고 있다. 사랑을 증명하고 싶어 하지만 그들이 증명해 보이는 것은 언제나 그들의 어리석은 욕망과 실패뿐이다. 홍상수 영화에 악인이 없고 좌절하거나 체념하는 자들만이 등장하는 것도 이 때문이다. 그들의 웃음에는 실패한 자들의 우울한 심리가 들어 있다. 그러나 이상하게도 그 심리가 시적이다. 그렇다면 그들이 겪는 심리적 장애는 무엇인가.

반년 넘게 우울증을 앓고 있고 집에 들어가기 싫은 영화 평론가 방중식. 그는 스튜어디스 내연녀 안연주(예지원)를 여행지인 통영에서조차 남들에게 소개하는 데 주저한다. 방중식이 우울증을 앓게 된 시기와 안연주를 사귀게 된 시기가 겹치는 것은 우연이 아니다. 안연주는 방중식이 앓는 우울증의 증상인 동시에 그 원인이다.

서울에서 8년 만에 어머니를 찾아 통영에 온 영화감독이자 교수라는 조문경. 그는 영화를 만든 적이 없고 교수도 아니다. 노정화(김규리)가 "감독님의 영화를 보고 싶다"고 하자 "나중에 제가"라고 말을 하다 급히 "한잔 드리겠다"며 말을 흐리고 노정화에게 술을 권한다. 왕성옥(문소리)에게 캐나다 고모에게 가서 즉석사진점을 같이 하자고 고백할 때, 그의 처지가 잘 드러난다.

조선소에서 외국인 사장의 비서 일을 하고 있고 예전엔 안기부에서 일했다는 노정화. 그녀는 사실 복국집에서 일하는 여자일 가능성이 높다. "음식을 만들다가 감독님이 무슨 영화를 만들었는지 궁금했다"는 그녀의 말을 주의해서 들어보거나, 담배 피우는 조문경을 꼬집으면서 "나는 여기(통영) 싫어. 술 한잔 사 주실래요"라고 조문경에게 수작을 거는 장면을 주목해서 볼 필요가 있다. 노정화의 실체를 암시하는 증거로, 노정화와 아들이 동시에 사라지자 조문경의 어머니(윤여정)가 전화로 노정화를 꾸짖는 장면을 들 수 있다. 노정화는 여러 남자들 중에서 자신의 처지를 바꿔

줄 좀 더 가능성 있는 남자로 강정호를 선택할 뿐이다.

한편 서울에서 고향 통영에 내려와 시 때문에 고민하고 있는 강정호. 그는 방중식에 의하면 서울에서도 알아주는 시인이다. 그러나 스스로는 자신을 운 없는 사람으로 칭한다. 강정호는 시를 통해 세계의 실체와 진실을 찾으려고 한다. 하지만 그는 실체와 진실이 무엇인지 모른다. 그가 겪는 장애는 노정화와 왕성옥 사이의 갈등에서 오는 것이 아니라 실체와 진실에 관한 그의 독선적 태도와 욕망에서 온다.

마지막으로 아마추어 시인이자 문화 해설가인 왕성옥. 그녀는 강정호의 불륜을 목격하고 강정호와 헤어지고 조문경과 잠자리를 갖는다. 조문경의 청혼을 받아들이고 캐나다행을 잠시 결심한다. 그러나 조문경의 어머니가 누구인지를 알게 되자 재혼과 캐나다행을 깔끔하게 포기한다. 그녀는 욕망에 솔직하다. 그러나 바로 그 이유 때문에 이미 결혼에 한 번 실패했음에도 불구하고 비슷한 남자들 사이에서 같은 실수(?)를 반복한다.

모자 바꿔 쓰기 놀이

카페 카사블랑카에서 네 남녀(방중식, 안연주, 강정호, 노정화)는 창밖 부둣가에 앉아 있는 거지를 두고 실체와 진실에 관해 이야기를 나눈다. 하지만 누구도 실체와 진실이 무엇인지 모른다. 오히려 방중식과 안연주는 부둣가를 산책하다, 거지가 쓰레기 집게로 위협하는 순간 겁을 먹고 도망친다. 이 이야기를 나누며 방중식과 조문경이 웃는 까닭은 그 예상치 못한 상황에도 시가 있기 때문이다. 거지는 이 둘의 관계에 재미있는 방식으로 틈입한다. 거지가 돈을 구걸하다 받지 못하자 욕설로 안연주에게 '더러운 년'이라고 한 순간 거지는 그 자신도 모르는 상태에서 둘의 불륜 관계를 밝힌 것이다. 그런데 이 둘의 치정 관계는 밝혀져서는 안 되지만 한편으로는 밝혀져야만 한다. 이것은 이 둘이 겪고 있는 장애와 시련이다. 관계가 밝혀지면 둘의 사랑은 증명이 되겠지만 관계는 끝난다. 그러나 둘의 관계가 밝혀지지 않으면 둘 사이의 불안은 해소되지 않는다. 그래서 방중식은 발설해도 탈이 없는 자신의 큰아버지에게 둘의 사랑을 고백한다. 그리고 그 덕분에 그들은 곤경을 이겨 내고 남은 휴가를 보내러 여수까지 가게 된다. 여수행 버스 안에서 방중식은 안연주에게 시를 써서 읽어 준다. 하지만 방중식이 쓴 시의 내용대로 "미지를 향한 여행은 나를 깨워 주고, 여자를 향한 진심은 나를 지켜 준다"라는 시적 효력이 여행지를 벗어나서도 방중식의 우울증을 치유하고 일상까지 바꿀 수 있을지는 의문이다. 다만 희극의 결말과 그 효과가 그러하듯이 우리는 서울에서의 그들이 행복할 거라고 믿고 싶어 할 뿐이다.

시는 말 바꾸기 놀이이고 사랑은 모자 바꿔 쓰기 놀이이다. 우리는 원하는 모자를 골라 쓸 권리가 있다. 그러나 함부로 자신의 모자를 타인에게 양도하면 곤경을 겪게 될 수도 있다. 그(녀)가 그 모자를 다시 누구에게 줄지는 아무도 모르기 때문이다. 영화에서도 조문경의 모자는 어머니를 거쳐 강정호에게로 가고 결국 모자의 주인(강정호)이 왕성옥과 함께한다. 물론 조문경의 어머니가 "그리고 (그 모자는) 너에게 어울리지도 않아, 얘"라고 말하는 순간 그 말은 이미 효력을 갖는다. 알다시피 시는 보이지 않는 것을 보이게 하거나 앞으로 일어날 일을 암시적으로 알려주는 힘이 있다.

괜찮은 젊은 남자나 여자를 보면 자신을 엄마라고 부르라는 조문경의 어머니와 8년 만에 어머니를 찾아와서는 엄마라는 호칭을 쓰고 있는 중년의 조문경, 그리고 진짜 어머니가 아님에도 조문경의 어머니를 엄마라고 부르는 강정호에게서 우리는 그녀가 누구의 진짜 어머니가 되어야 하는지를 알게 된다. 낳아 준 어머니도 중요하지만 어머니라고 믿는 어머니가 더욱 중요하다. 모자를 놓고 벌이는 이 이상한 탐정 놀이는 시와 사랑의 실체가 무엇인지를 보여 준다.

아는 만큼 보이는 것인가, 모르기 때문에 보이는 것인가

조문경이 소파에 누워 잠들었을 때 꾸었던 이순신 장군(김영호)의 꿈은 시가 무엇인지 흥미로운 방식으로 보여 준다.

담을 넘는 사람은 담 밖에서 엿들을 수도 있는 사람이다. 나폴리 모텔(등장인물 모두가 모텔을 호텔이라 부르고 있는 점은 다분히 의도적이다)이 바라다보이는 카사블랑카라는 커피숍에서 왕성옥에게 호감을 사기 위해 왕성옥이 어떤 사람일지 조문경이 추리해서 맞추는 척하는 장면과 꿈 장면을 대비해서 보면 더 확연해진다. 꿈에서 이순신 장군에게 들은 이야기는 사실, 조문경이 왕성옥의 집 담장 밖에서 강정호와 왕성옥이 나눈 대화를 몰래 듣고 꾸게 된 것이다. "나에 대해서 뭘 안다고"라고 하는 왕성옥에게 자신도 모르게 "내가 본 것은 알죠"라고 조문경이 대답한 부분을 왕성옥이 귀담아 들었다면 어떻게 되었을까. 말티스는 조문경이 담을 넘어가서 본 것이고, 꽃에 관해 아는 체한 것은 담 밖에서 엿들은 것이다.

아는 만큼 보이는 것일까, 모르기 때문에 보이는 것일까. 조문경의 꿈에서 조문경의 연애 경쟁자 강정호는 이순신 장군으로 전이(치환)된다. 꿈속에서 이순신 장군은 조문경에게 아버지가 지금 어디에 있는지는 몰라도 된다고 말한다. 이때 아버지는 불가지론이다. 뻔해 보이는 나뭇잎도 들여다보면 볼수록 무엇인지 모르게 된다고 한다. 나뭇잎도 불가지론이며 물자체다. 이것은 강정호가 왕성옥에게 한 이야기의 응축(압축)이다. 강정호가 불가지론과 물자체에 대해 얘기했다면 조문경은 나뭇잎이 무엇인지도 모르면서 나뭇잎을 들고 나뭇잎을 아름답고 좋게 보려는 윤리적인 태도를 취하는 자다. 반면 왕성옥은 풀을 뽑아 와 조문경을 혼내 주고 조문경과 노정화가 보는 앞에서 당당하게 강정호를 업는, 행동하는 자다. 즉 조문경의 나뭇잎은 왕성옥에게는 풀이며 이순신 장군은 조문경이 닮고 싶어 하는 대상으로서의 아버지다. 이순신 장군은 조문경의 모자처럼 조문경의 것이 될 수도 있고 왕성옥의 것이 될 수도 있고 강정호의 것이 될 수도 있다. 그것은 사랑이며 시다. 그런데 강정호는 그 모자를 쓰고 사랑을 얻지만 조문경은 그 모자를 잃고 사랑을 잃는다. 조문경의 어머니가 아파트 열쇠를 강정호에게 주는 것도 마찬가지다. 아파트 열쇠도 모자다. 원하고 좋아하는 사람이 가지면 되는 것이다. '영생아파트 506호'가 조문경에게는 어둡고 답답한 동굴이지만 강정호에게는 운 좋은 곳이 된다.

　　　　때로 사람은 욕망 때문에 보이지 않고 보이지 않기 때문에 욕망하는 법이다. 강정호와 노정화의 모텔행을 고자질한 조문경이 나폴리 모텔 앞에서 강정호를 업어 주는 왕성옥을 하염없이 바라보고 있을 때, 그는 자신이 보는 것만큼만 욕망하려는 자다. 만약 조문경이 진정 자신의 말대로 모르기 때문에 보는 자였다면 커피숍에서 왕성옥에게 왜 강정호를 업어 주었는지를 굳이 묻지 않았을 것이다. 그 이면에는 왕성옥의 감정을 모르는 체하고 싶은 욕망이 숨겨져 있다. 조문경은 왜 장난삼아 가지고 다니던 염주를 왕성옥에게 선물로 주었을까. 주는 자와 받는 자는 곧 욕망하는 자와 욕망을 받아들이는 자다.

시는 다 써요, 나도 쓰는데

극 중에서 조문경과 방중식이 쓴 시는 그 실체가 드러
나지만 강정호의 시는, 그 시를 둘러싼 담론만 무성하게 나올 뿐
실제로 어떤 시인지 나오지 않는다. 우리는 홍상수의 다른 영화를
대할 때도 이와 비슷한 장면을 목격하곤 한다. 그가 다루는 일상
은 우리가 경험하는 의미 없고 우연한 일상이 아니다. 그는 지나
가는 행인에게도 의미를 부여하는 자이며, 관객이 알아채지 못할
까 봐 같은 장소를 다른 사람을 통해 반복적이고 강박적으로 보여
주는 자다. 반복과 강박은 웃음을 유발한다. 따라서 방중식과 조
문경이 통영의 같은 장소에 여러 번 같이 있었으면서도 서로를 발
견하지 못한 것은 홍상수의 의도적 감춤이며 시적 아이러니다. 그
들이 만약 호동식당 이름만 맞춰 보았더라도 혹은 후배(강정호)나
왕성옥의 이름만 물었더라도 그 순간, 홍상수가 의도한 시는 사라
졌을 것이다.

이와 유사한 의미에서 강정호의 손에서 방중식의 손으
로 건네졌던 그 시가 진짜 무엇인지 우리는 아무도 모른다. 그러나
그 시를 읽었거나 들었던 자에게는 흔적이 고스란히 남는다. 그리
고 그 흔적은 우리가 모르는 낯익은 타인에게로 마치 감기나 유행
성 전염병처럼 옮겨 간다.

방중식이 안연주와 통영을 떠나는 날 비가 내린다. 우

리는 나뭇잎과 풀에 대해서도 모르지만 비가 무엇인지도 모른다. 그런데도 우리는 우리에게 유리하게 비를 해석하기 좋아한다. 왕성옥 역시 비 오는 날씨 덕분에 쉰다는 말을 하고 정말 하찮은 일이라고 하면서 모자 핑계를 대고 강정호에게 전화를 건다. 하지만 꼭 해야 할 전화라면 날씨나 모자 핑계를 대지 않고서도 걸게 마련이다. 따라서 이미 부둣가에서 "자기가 원하면 자기를 사랑하는 거 안 하도록 노력할게요"라고 한 강정호의 말은 비문법적인 문장이지만, 왕성옥에게 모텔로 들어가서 문을 열기 직전 "사랑한다, 믿는다"라고 말한 조문경의 문법에 맞는 말보다 더 많은 것을 전달하고 있다. 따라서 강정호가 터미널에서 방중식에게 자신은 한 번도 그 여자들에게 사랑한다고 말한 적이 없다고 한 것은 자신도 모르게 한 거짓말이다. 그러나 이들의 대화가 거짓말이건 진실이건 간에 그것은 중요하지 않다. 좋고 즐거운 이야기만 하자고 했기 때문에 이미 영화는 그 전언의 시적인 효력 속에서 시작되고 끝나기 때문이다.

시는 읽을 수 없게 된 잃어버린 편지다. 그러나 혹 운이 좋아 되찾은 편지가 된다 할지라도 읽는 순간 시(사랑)는 증명되겠지만 관계는 끝난다. 그래서 가능한 한 읽지 않으려는 것이다. 조문경이 쓴 시는 진짜 시가 아니다. 그러나 만약 진짜 시였다면 조문경은 왕성옥에게 무한한 사랑의 가능성을 열어 둔 것이 된다. 다만 "시는 저도 써요"라고 말한 왕성옥의 말을 더 의미심장하게 들었다면 조문경은 자신이 쓴 것이 진짜 시인지 아닌지를 좀 더 일찍 알았을 것이다.

2. 이창동의 경우

할아버지 입술에 뽀뽀해(안 그러면 혼나)

손녀, 손자는 입술에 뽀뽀하라는 아빠의 명령에 강 노인(김희라)의 입술에 뽀뽀한다. 그러나 돌아서는 두 아이의 얼굴에는 마지못해 한 기분 좋지 않은 표정이 드러난다. 아이들은 할아버지의 입술에 뽀뽀할 마음이 없다. 아니 아빠의 강요가 아니었다면 뽀뽀를 했을 가능성은 거의 없다고 보아도 된다. 아이들에게 뽀뽀를 명령한 자는 명백하다. 그렇다면 미자(윤정희)에게 강 노인과 성행위를 하라고 명령하는 이는 누구인가. 미자는 성행위 중에 애무나 키스는 없지만 강 노인의 얼굴을 두 손으로는 어루만지기는 한다. 이 어루만짐의 뜻은 무엇일까. 또 그 성행위가 있기 전의 미자와 그 후의 미자는 같은 미자인가, 다른 미자인가. 이 영화의 의문은 여기서부터 시작된다. 미자에게 명령하는 이는 누구인가.

성행위가 있기 전에 미자는 강 노인을 목욕시킬 때 자세가 불편해도 욕조 안에 들어가 씻기지 않는 여자다. 그러나 강 노인이 따로 주는 돈 만 원은 받는 여자다. 게다가 아무에게도 말하지 말라는 강 노인의 말을 가벼이 여기고 며느리에게 알려 주는 여자다. 그러나 성행위 후의 미자는 다르다. 미자는 강 노인에게 오백만 원을 빌려 달라고 하지 않고 그냥 달라고 한다. 협박이 아니다. "협박이냐"라는 문장은 미자의 것이 아니다. 아이러니하게도 미자의 시 메모 노트에 강 노인이 쓴 것이다. 둘이 나눈 대화는 미자의 시 노트에 적힌다. 이것은 아네스의 노래와는 반대 방향에서 들려오는 소음이고 잡음이다. 그러나 한편으로는 아네스의 노래보다 시적으로 읽히기도 한다. 미자는 외손자 종욱을 경찰에 고발하지만 고발이라는 단어는 학부형, 기자, 학교 선생들의 것이다. 미자가 한 행동은 고발이 아니다. 그러나 우리는 그 행동을 부르는 명칭이 무엇이 되어야 하는지 모른다. 그렇기 때문에 그것은 시가 된다.

　　　　한편 죽은 희진이 진정 미자에게 시를 원하는지 우리로서는 알 길이 없다. 아네스(희진)의 노래는 아네스의 입술에서 나온 것이 아니라 다만 미자의 원고지에 있던 것이다. 이것은 이창동이 의도한 시(詩)다. 우리는 미자가 아네스에게 공감하는 방식을 은유라 부른다. 은유는 공감 능력이지만 동시에 원관념이 보조관념에 대해 갖는 폭력적 인식을 뜻하기도 한다. 아네스가 과연 미자의 몸과 마음에 진실로 실렸는가, 이것은 끝내 미자만이 아는 비밀이다.

내 생에 아름다웠던 순간

　　　　20년을 반지하 연립에서 살다가 임대아파트를 구해 대자로 누웠던 일을 고백하기 전에, 남자 시 수강생은 자신은 아름다웠던 일을 겪은 적이 없다고 말한다. 그 순간 그는 재미있는 거짓말을 하고 있다. 무의식은 언어처럼 작동한다. 남자는 시 강좌 선생이 가르쳐 주지도 않은 소외기법 혹은 낯설게 하기라는 방법을 자신도 모르게 쓰고 있다. 그러나 이것은 기법만의 시이지 시가 아니다.

　　　　"나는 지금 사랑하고 있다"라고 고백한 여자 시 수강생 역시 자신도 모르는 사이 불륜을 고백하고 있다. "괴로운 것도 아름답다"라는 말보다 "딱 한 번밖에 자지 않았는데"라는 균열에서 우리는 자기 동일성의 서정적 자아가 아닌 현대시의 불안한 주체를 만나게 된다. 그러나 이것도 괴로움의 고백일 뿐이지 시는 아니다. 그리고 이들은 미자와 달리 문장으로서의 시조차 쓰지 못한다.

　　　　미자 역시 7살 많은 엄마 같았던 언니가 자신의 이름을 부르던 소리와 붉은 커튼의 흔들리는 느낌을 진술하다가 운다. 하지만 영원한 친구 같은 딸이 낳은 소중한 아들, 외손자 종욱(이다윗)에게 피자를 사 주고 발톱을 깎아 주며 몸을 깨끗이 하라고 당부할 때는 울지 않는다. 그리고 형사 박상태(김종구)를 불러 놓고 미자는 종욱과 배드민턴을 친다. 당황해하며 차에 오르는 종욱을 외면하고 형사 박상태와 배드민턴을 마저 친다. 이것은 시다.

내 생에 아름다웠던 순간은 역설적이게도 반시(反詩)다. 시는 아름다웠던 과거에 있는 것이 아니다. 손자를 고발하고 우는 대신 배드민턴을 치는 미자는 무섭다. 시는 아름다웠던 것, 혹은 아름다운 것이 아니라 무서운 것이다. 릴케의 말을 빌리자면 시는 감상이나 추억이 아니다. 뼈저린 현재의 경험이다. 그러나 시는 그 경험마저도 잊으라고 한다. 시는 망각이다. 미자가 명사와 동사를 찾아 공책에다 쓰려는 것은 시다. 그러나 역설적이게 미자가 명사를 잃고 동사를 잃어버리는 과정 역시 시다. 덧붙이자면 미자의 모자가 바람에 날려 강물로 떨어지는 장면이 기억으로서의 시라면 미자가 강가에서 시 메모 노트를 거꾸로 들고 앉아 있을 때 내린 비는 망각으로서의 시다. 이 더러운 비는 미자가 강 노인에게 몸을 허락할 결심을 하게 되는 계기가 된다. 미자와 아네스가 겹쳐지는 순간이다. 그러나 미자가 구원과 속죄의 뜻으로 몸을 허락했을지는 미궁이다. 구원과 속죄의 형식이 의도된 시라면 그 미궁은 의도되지 않은 시다.

아네스의 시

인간이 자신의 이야기를 설명하기 위해 신화를 인용하는 이유에 대해서는 밝혀진 것이 있다. 그러나 거꾸로 현재의 우리 이야기가 신화가 될 가능성이 있는가에 관해서는, 밝혀진 것이 거의 없다. 영화는 그 가능성에 관해 이야기하고 있다. 미자가 희진의 집을 찾아갔을 때 희진의 가족사진 아래 불화(佛畵) 한 장이 걸려 있다. 희진은 아네스라는 세례명이 있는 천주교도다. 그러나 둘 사이에는 이질성보다 동질성의 원자들이 떠돈다. 희진은 죽어서 아네스(神)가 되었다. 신화의 원형적 인간은 항상 '나는 나다'라는 영원한 자기 동일성의 상태에 있다. 그때의 물은 초시간적으로 정의되는 기억으로서의 물이다. 희진도 물을 원하지만 물도 희진을 원한다. 동시에 물은 아이들이 노는 물이면서 희진을 제사 지내는 물이기도 하다. 아네스의 신화는 희진의 존재를 원형대로 발견하게 한다.

그러나 왜 이 신화의 장소가 굳이 물이어야 하는지를 우리는 모른다. 다만 강 노인 집의 욕조와 강이 대조적으로 비춰지고 강 노인의 집에서 샤워기를 틀어 놓고 울던 미자가 비가 내리는 날 강가에서 비를 맞고서는 강 노인의 집을 찾아간다는 사실만을 대비시킬 수 있을 뿐이다. 영안실 앞에서 주저앉은 희진의 어머니가 손에서 놓지 않고 꼭 쥐고 있는 것은 무엇인가. 희진의 남동생은 실성한 어머니의 신발을 보물처럼 들고 있다. 희진이 백수광부라면 희진의 어머니는 백수광부의 처이고 그것을 노래로 만들어 부른 여옥은 미자일 것이다.

따라서 단순히 물 흐르는 소리로 시작된 영화이기 때

문에 물 흐르는 소리로 끝나는 것이 아니다. 그것은 아네스의 비명 소리가 만약 과학실 밖으로 흘러나온 적이 없다면 물속에서 물의 비명 소리가 흘러나온 적도 없을 것이기 때문이다. 따라서 미자가 자신의 콧김으로 유리창을 덥혀 가며 창문으로 스며들어 가기라도 할 듯 과학실을 들여다보는 장면은 무섭고도 의미심장하다. 물론 차가운 유리 액자 속 희진의 사진이 왜 미자의 탁자 위에 있는 것인지도 이 부분에서 설명이 된다. 한마디로 미자는 희진이 되어 희진의 말을 하고 싶은 것이다. 그것은 신화의 세계가 미자에게 말을 걸어오는 행위인 동시에 시인 것이다.

시 그딴 건 죽어도 싸

"틀렸습니다. 여러분은 사과를 한 번도 본 적이 없습니다"라고 말한 시 강좌 선생의 말은 사실일까? 미자는 사과를 관찰하다 말고 돌연 과도를 들고 사과를 깎아 먹는다. 결국 미자에게 시는 관찰의 대상이 아니라 체험의 산물이다. 그러나 미자는 희진을 감각할 수도 체험할 수도 없다. 미자는 사과를 올려놓았던 식탁에 대신 희진의 사진을 올려놓는다. 미자는 종욱의 반응을 살핀다. 종욱을 살피는 것은 종욱에게 희진의 흔적이 있기 때문이다. 미자는 시 한 편을 완성해서 낸 유일한 수강생이다. 그러나 미자가 쓴 진짜 시는 문장이 아니라 미자가 몸으로 쓴 것들이다. 미자는 문장으로서의 시에는 실패했다. 굳이 문장으로 써야 했다면 그 시는 아네스의 노래가 아니라 미자의 시여야만 했다.

미자가 휴대폰을 두고 외출하여 딸의 전화를 받지 않는 장면에서 미자의 죽음을 상상하여도 그 상상은 잉여가 아니다. 미자는 죽으러 갔다. 그러나 그 죽음은 실제의 죽음이라기보다는 도덕과 관습으로부터 벗어나 자유로워졌다는 의미로서의 죽음이다. 그것은 영화의 초반, 희진의 어머니가 딸의 시신 앞에서 오열하며 주저앉을 때에도 꼭 쥐고 놓지 않았던 휴대폰(?)과 비교된다. 누군가는 지금도 시를 쓰기 위해 도덕과 관습의 눈으로 사회가 바라는 그 무엇인가를 해내기 위해 사과와 설거지통을 들여다보고 있으리라. 그러나 그딴 시는 죽어도 싸다. 미자가 해냈듯이, 역설적이게도 시는 반시(행위)로서만 가능하기 때문이다.

3. 그러자 캄캄하게 아름다워졌다

꿈속에서 조문경은 "장군님 저에게 힘이 되어 주십시오. 저는 아무것도 모르겠습니다. 맨날 거짓말만 하고요, 다 어리석고요, 장군님 저는 너무 힘이 없습니다"라고 말한다. 한편 미자는 여름에 익는 과일인 살구를 주워서 한입 물고는 이렇게 쓴다. "살구는 스스로 땅에 몸을 던진다. 깨여지고 발핀다(밟힌다). 다음 생을 위해"라고. 이들에게 공통으로 부족한 것은 힘과 지혜다. 그러나 이들은 각자의 부족한 힘과 지혜에 의지한 채 살 수밖에 없는 인물들이다. 두 사람이 얻고자 하는 보물은 시다. 시는 조문경에게는 사랑을, 양미자에게는 행복을 가져다줄 열쇠다. 그런데 그들이 말하는 시란 도대체 언제 어떻게 오는 것인가? 시란 진실인가, 선인가, 미인가, 힘인가, 운명인가, 신의 은총인가, 아니면 이 모든 것의 반대 항(거짓, 악, 추, 나약함, 우연, 저주)인가? 그것도 아니라면 그것들의 총체인가? 혹은 그 모든 것에 관한 오해이거나 오류인가?

그들이 그들의 힘과 지혜를 모아 최선을 다해 노력하면 얻을 수 있기는 한 것인가? 그러나 다시 생각해 보아도 인생이란 어떤 선의의 보상이 전혀 보장되어 있지 않은 냉담한 사건의 현장이다. 그런데 왜 그들은 이 냉담한 사건의 현장 속으로 온몸으로 뛰어들어 가는 행위, 즉 시라는 모험을 마다하지 않는가?

사랑과 행복(자유)을 위해 자신을 내던지는 그들의 용기 있는 행동에 우리는 감탄하고 감동한다. 그리고 그들 덕분에 내가 가진 시(열쇠)가 있는지 없는지 따져 보게 되고 만약에 있다면 그것으로 얻을 수 있는 보물의 이름이 무엇인지 묻게 된다. '그러자 아름답게 캄캄해졌다'와 '그러자 캄캄하게 아름다워졌다'는 같은 뜻을 지닌 문장이 아니다. 우리는 우리의 부주의와 어리석음 때문에 두 문장을 같은 문장으로 오인한다. 그러나 「하하하」의 감흥

이 전자의 문장에 해당된다면 「시」는 후자에 해당된다고 굳이 분석해야 하는 것일까. 우리는 조문경이 잠시 얻었다가 상실한 그 무엇과, 미자가 남기고 간 이름 붙일 수 없는 그 어떤 것에 관해서 캄캄하다. 그 아름다움을 캄캄하게 느끼는 것이나, 혹은 캄캄함을 아름답다고 느끼는 것은 시인가, 반시인가? 우리는 그것을 알지 못해 불안하다. 그래서 우리는 그들이 남긴 영화(시)를 보고 다시 보는 것이다.

　　　　마지막으로 더 사소한 오해와 오독을 불러들이기 위해, (그것이야말로 시적인 행위니까) 라이너 쿤체의 시를 첨부한다. 그러나 다시 생각해 봐도 시는 예술의 시작이지만 예술의 끝이기도 하다.

　　넌 그럼 안 돼, 라고 부엉이가 뇌조한테 말했다,
　　넌 태양을 노래하면 안 돼
　　태양은 중요하지 않아

　　뇌조는
　　태양을 자신의 시에서 빼 버렸다

　　넌 이제야 예술가로구나,
　　라고 부엉이는 뇌조에게 말했다

그러자 아름답게 캄캄해졌다

—라이너 쿤체, 「예술의 끝」 전문

질문들[1]

1. 젊은 시인들의 시가 가지고 있는 장점은 무엇이라고 생각하십니까?

　　　　　선배들과 치열하게 투쟁하면서 새로운 의미를 모색하려는 시도는 현재의 중견 시인들도 젊어서 한 번쯤은 겪었던 일이

　　1 이 글에서 중견 시인들은 1960–80년대에 등단한 시인들을 말합니다.

라고 생각한다. 기존의 의미와 형식들에 의문을 던지는 작업을 통해서 우리 시의 형식과 의미는 모던해져 온 것이 아니겠는가. 가령 남미의 소설가 페르난도 바예호는 현대시는 몇 편의 시를 **빼면** 거의 의미가 없는 작업을 하고 있다고 지적한다. 그만큼 현대적이면서도 심원한 수준에 도달한 시를 쓰는 일이 어렵다는 뜻으로 나는 받아들인다. 그런 관점에서 본다면 기존의 틀을 답습하는 시인보다 거칠고 무모한 도전을 하는 젊은 시인에게 그러한 시의 진경이 펼쳐질 가능성이 더 많을 것이라고 생각한다.

2. 젊은 시인들의 시가 가지고 있는 문제점은 무엇이라고 생각하십니까?

젊은 시인들의 시보다는 요즘 시에 관한 문제로 생각한다. 시는 답을 찾는 일이 아니라 더 큰 의문으로 향하게 하는 의문의 씨앗 같은 거라고 생각한다. 하지만 요즘 시는 대체로 답을 알고 쓰는 시들이 많고, 교훈이나 도덕 혹은 가장된 아름다움으로 감동을 유도하는 시들이 많은 듯하다. 나 자신부터 반성하고 있는 문제지만, 세상에서 가장 어려운 게 의문을 의문하는 일 같다. 불확실성과 불안 속에서 쓰지 않는 시는 자신은 물론이고 그 누구의 마음에도 삶에 대한 불안과 긴장감을 가지게 할 수 없다. 환상이 헛된 공상이나 언어유희에 머물러서는 안 되는 것과 마찬가지로 현실을 다룬 시도 현실의 이면을 거짓 감동이나 아름다움으로 포장해서는 안 될 것 같다. 하지만 현재는 그 양극단에서 쓰이는 시들이 대다수인 것 같다.

3. 추천할 만한 중견 시인들의 시집이나 시가 있다면 써 주시고, 그 이유를 간단히 써 주십시오.

거의 모든 시집이 문제적이다. 좋으면 좋은 대로 나쁘면 나쁜 대로 선생 역할을 한다. 딱히 한 권을 정하기는 어렵지만 김춘수 시인의 마지막 시집들이 인상적이었다. 물론 설문의 대상보다는 훨씬 위의 세대이긴 하지만, 『들림 도스토예프스키』와 『의자와 계단』『쉰한 편의 비가』 등이 특히 좋았다.

대개 한 편으로 시를 마감하거나, 한 권으로 시를 마감하는 시대에 마지막까지 시를 놓지 않은 시인의 모습이 감탄스러웠다. 아주 평이한 언어로, 하지만 놀랍도록 깊은 인생의 비의를 밝혀낸 시집들이라고 생각한다.

대상 연도의 시인들 중에선 최근 1년의 시집들만 한정한다면 김정환, 최정례, 김사인의 시집이 좋았다. 그중 특히 김정환 시인의 작업은 자신만의 진경을 찾아 나가는 길을 보여 주는 것 같아 좋게 느껴진다. 그래서 앞으로의 시집이 더 기다려진다. 낱개의 시에선 김영승 시인의 시들이 좋다. 뭔가 소용돌이치는 힘이 내부에서 터져 나올 것 같은 기대를 하게 만든다.

4. 현 한국 시단에는 세대 간 시적 소통이 잘 이루어지지 않는다는 의견이 많습니다. 앞으로 중견 시인들과 젊은 시인들 간의 소통을 원활히 할 수 있는 방법이나 의견이 있으시면 자유롭게 써 주십시오.

시를 보는 관점이나, 시를 쓰는 관점의 차이 때문에 서로를 배척할 필요는 없다고 본다. 또 세대 간의 문제만은 아니라고 본다. 다르다는 것은 좋은 것이다. 다양하다는 뜻도 되니까. 진리나 미의 길이 하나라고 생각하지 않는다. 불협화음과 협화음이 다 필요한 것 아닌가. 다만, 꼼꼼하게 읽고 무엇 하나라도 배우려는 자세로 읽으면 보이지 않는 것도 보인다고 생각한다. 이번 기회처럼 중견 시인뿐만 아니라 다른 동시대 시인들의 시와 글을 서로 읽을 통로를 마련해 나간다면, 선의의 비판과 격려로 더 좋은 시들이 나올 수 있을 거라 믿는다.

고양이의 보은

박판식의 두 번째 시집 『나는 나와 어울리지 않는다』가 발간되었다. 오랜만이다. 반가웠다. 친하게 지내는 시인은 아니지만 내게 박판식은 좋은 오빠 시인이다. 등단 초기에 어리둥절해 하고 있을 때 그는 친절하고 호의적이었다(십 년 만에 만난 인터뷰 자리에서 그는 먼저 과자 한 상자를 내밀었다). 지금도 내가 시를 쓰고 있는 것은 어쩌면 그렇게 맺어진 관계들이 알게 모르게 나를 이끌어 주었기 때문일 것이다. 아마도 옛날 '시작' 술자리였던 것 같다. 종로 어디쯤이었을까. 나보다 먼저 등단한 좋은 오빠 시인들로 박상수, 채상우, 황병승, 조연호 등이 있었다. 늦도록 많은 술을 마셨고 낄낄 껄껄댔다. 대체로 유쾌하고 열정적인 사람들이었다.

이근화 아무도 권하지 않았는데 제가 자발적으로 인터뷰하고 싶다고 했어요. 등단 초기에 베풀어 준 친절이 두고두고 고마웠거든요. '고양이의 보은'인 셈이죠. 그런데 맡고 보니 박판식 시인에 대해 아는 게 하나도 없다는 생각을 했어요. 그냥 시집만 읽고 이 자리에 왔어요. 어떤 캐릭터를 가지고 있는지 스스로 말해 본다면요? 시에서는 다정다감한 것 같은데요.

박판식 등단 초기에 보고 못 본 지 거의 10년 가까이 되었네요. 다시 실제로 만난 게 신기하고 좋네요. 10년 뒤에 다시 보게 된다면 앞으로 지나갈 10년도 금방일 거라는 이상한 느낌이 들구요. 서로의 시를 읽으면서 그 시간을 지나왔기 때문인지는 몰라도 늘 만나지 않았어도 만나고 있었다는 느낌이에요. 이 정도의 적절한 거리감을 가지고 이근화 시인을 볼 수 있어 감사합니다.
제 시에서 다정다감한 목소리를 읽어 주셔서 고맙네

요. 그런데 실제 생활에서는 다정다감하면서도 변덕스럽고 괴팍스럽고 신경질적인 편이에요. 아이가 다섯 살이 되었는데 그 아이를 보면서 제가 어떤 아이였을지 어느 정도는 짐작이 가요. 아이가 앞으로 살아갈 모습을 생각할 때마다 무지하게 걱정이 되는 편이에요. 감정의 진폭이 지나치게 크거든요.

이근화 정말 그런 것 같아요. 다른 사람을 통해 '나'를 알게 되는 것 같아요. 가족이나 친구들, 동료들은 저의 훌륭한 거울이자, 가혹한 거울인 것 같아요. 특히 아이들은요. 시에 가족 이야기들이 제법 나와요. 모든 아들들에게 '어머니'란 존재는 특별하겠지만 어떤가요? 박판식 시인에게 어머니/할머니/누이들이란? 「피크닉 상자」 같은 시를 읽으면 공연히 그런 게 궁금해지네요.

박판식 어릴 때 통통배를 타고 가족과 함께 갔던 을숙도 해변이 지금도 저한테는 꿈같은 느낌으로 남아 있는데요, 지금은 민간인 통행이 금지되어 있고 아미산이라는 곳의 전망대에서 볼 수가 있는데요, 부산 어머니 집에 내려가면 지금도 가끔 거길 보러 갑니다. 혀로 맛보던 그 이상했던 민물과 바닷물이 저기 저만치에서 아직도 파도치고 있는 걸 보고 있으면 참 아득하게 느껴져요. 온갖 생활 쓰레기에다 퇴적물이 쌓여 있는 꼴이 지금의 어머니와 제가 처해 있는 현실이라면 그 시절의 어머니와 저는 꿈속의 사람들

115

같습니다. 그런데 이상한 것은 지금의 현실을 또 다른 꿈으로 보고 있는 제가 있다는 사실이고요. 그게 제 낭만성의 출처 같네요.

이근화 과거의 낭만 청년 박판식은 만나 보지 못했지만 두 권의 시집을 읽으면서 그런 면들을 어렴풋이 더듬어 볼 수 있었어요. 「장밋빛 마르코」에는 청년 박판식의 꿈과 좌절이 투사되어 있는 것 같아요. 아닌가요? 이십대에 어떤 꿈을 가지고 있었나요? 그 꿈들은 지금 어떤 모습인가요?

박판식 이십대에는 늘 시인이 되고 싶었던 것 같네요. 또 연애가 잘되었으면 하는 소망, 그런 것밖에 떠오르는 게 없네요.

이근화 정말요? 저는 시인이 되고 싶다는 생각을 하지 않았던 것 같아요. 책 보는 게 즐겁고 유일하게 잘할 수 있는 것이라 그 언저리를 따라 살겠구나 정도였지요. 연애도 젬병이라 불가능한 상대에게만 빠져서 허우적거렸어요. 그래선지 한길을 따라, 하나의 꿈을 꾸면서 사는 사람들에게 무한한 존경심이 샘솟아요.
두 권의 시집을 읽고 나서 삶의 여러 결들을 두루 매만지고 있다는 느낌이 들었어요. 상처를 다룰 줄 알게 된 사람이랄까. 삶을 견디게 해 줄 만한 무엇을 찾으셨는지요? 「잠」의 누에처럼 사람에게도 탈피의 순간이 있을 것 같습니다. 많은 경험의 층위들이 있겠지만 결정적으로 '박판식'을 만든 것은 어떤 사건들일까요?

박판식 연애도 결혼도 가족에 관한 것도 뜻대로 되지 않아서 우리가 시를 쓰는 게 아닐까요. (웃음) 잘 안 되는 것도 재미있잖아요. 첫 시집에 길에서 죽지 않겠다고 쓴 시가 있는데, 돌이켜 보면 그럴까 봐 지레 겁먹고 쓴 문장이 아니었나 생각해요. 문장으로 써 놓고 나면 그대로 되는 일들이 많은 편이라 조심스러워하는 편이고요. 많은 일들이 있었고, 해결나지 않은 많은 일들이 아직도 있어요. 길에서 죽을 뻔할 때마다 저를 구해 준 이들에게 감사하고 세상이 참 얇은 거라고 느낄 때도 있지만 꽤 두꺼운 비계에 감싸여져 있다고 느낄 때가 더 많아요. 제 이야기는 거의 다 시에 들어 있으니까, 다시 읊을 필요는 없을 거 같고요.

이근화 길 위의 죽음이라고는 생각하지 못했지만 어떤 종류의 슬픔과 고독이 시의 출발인 경우가 많은 것 같아요. 이렇게 빵을 뜯어먹으며 할 이야기는 아닌데, 또 뭐 어쩌겠어요. 비극은 비극이고 빵은 빵이죠(채상우 시인이 내가 빵을 좋아한다는 소문을 어디서 듣고 한 보따리 안겨 주고 갔다).
정오에 시작되는 수업은 잘 마치셨나요? 학생들에게

시를 가르치시는 거죠? 함께 점심 식사라도 하고 인터뷰를 시작하려고 했는데 때를 놓쳤네요. 수업은 어떻게 하시나요? 어떤 선생님인지 궁금하네요?

　　　　박판식 단팥빵 좋아하시나 보네요. 바람도 불고 약간 추워서 그런지 빵이 어색하면서도 잘 어울리는데요. (웃음) 책 읽게 하고 영화 보게 하고 글 쓰게 하는 교양 수업이라 크게 어려운 점은 없어요. 수업은 질문하고 듣고 다시 질문하는 형식으로 진행해요. 학생들이 스스로 뭔가를 깨우치게 자극을 주는 역할을 하는 거죠.
　　　　시 실기 수업은 소재나 쓸거리를 미리 주고 강의실에서 쓰게 해요. 10점 받으면 강의실에서 일찍 나가게 해 줘요. 평범한 수준이거나 그 이하일 경우에는 한 편당 1점을 주니까, 10편을 쓰고 나가는 경우도 있어요. 써서 내면 모두가 듣는 가운데 읽고 간단히 합평하고 남길 만한 작품이 아니면 모두 찢습니다. 처음에 찢을 땐 다들 몹시 괴로워하지만 금세 잘들 찢어요. 뭔가 뻔한 발상이나 상투적인 발견, 장식적인 수사 따위에서 벗어나려면 얼른 쓰고 찢고 자신 안에 있지만 자신도 모르는 그 무엇인가를 꺼내 놓아야 하니까요.
　　　　학생들이 쓰는 동안 저도 같이 쓰는 경우도 있는데 대부분은 북 치고 꽹과리 두들기듯 막 떠들어 대서 글을 쓰는데 흥을

돋우고 앉아 있습니다. 그런 방식으로 학생들과 같이 앉아 쓴 것 중에 제 두 번째 시집에 넣은 것도 있고요.

이근화 재밌는 수업 방식이네요. 저는 반대의 방식을 주로 취해요. 모아 두고 다시 쓰게 하고, 고쳐 쓰게 해서 처음 시작점과 얼마나 달라졌는지 알게 하는 방식으로 수업을 할 때가 있어요. 몇 글자 바꾸지 않았는데 작품이 달라지는 경우를 체험하기도 하고, 엉뚱한 방향으로 작품이 흘러가도록 내버려 두면서 색다른 느낌의 시가 쓰이는 경험을 하게 되기도 하고요. 다음부터 저도 과감히 찢어 버리는 방식으로 수업을 한번 해 보고 싶네요.

2001년에 『동서문학』으로 등단하여 2004년에 첫 번째 시집 『밤의 피치카토』가, 2013년에 두 번째 시집 『나는 나와 어울리지 않는다』가 발간되었어요. 한동안 뜸했던 그사이 무슨 일들이 있었나요? 두 번째 시집은 좀 늦게 나온 것 같아요.

박판식 성실하고 좋은 시 선생님이시네요. 저는 그렇게 꼼꼼하고 착실한 스타일은 아니에요. 시집은 1년, 또 1년 늦어지다 보니 거의 10년이 다 되어서야 나오게 됐네요. 이원 시인이나 김행숙 시인의 도움이 아니었다면 한참 더 늦어졌을지도 모르는데요. 좋은 꼴의 시집을 못 갖춘 게 시집이 늦어진 첫 번째 이유일 테지만 모든 일에는 시기가 있다는 생각이 들어요. 덕분에 세 번째

시집은 좀 일찍 낼 거 같은 느낌도 들고요. (웃음)

이근화 두 번째 시집을 읽으면서 어쩐지 많은 작품들이 뒤에 숨어 있다는 느낌이 들었어요. 세 번째 시집도 얼른 기다려지네요. 시 쓰기가 좀 그런 면이 있지만 사적인 몽상의 기록인 경우가 많은 것 같아요. 첫 시집의 경우는 좌절된 꿈의 후기랄까 뭐 그런 생각이 들었는데요, 두 번째 시집부터는 이 강한 자기로부터 좀 빠져나온 것 같다는 생각을 했어요.

박판식 적절한 지적이네요. 첫 시집에서는 낭만적 자아가 강했던 것이 사실인 거 같아요. 뭐든 녹일 수 있을 것 같은 자신감으로 세상을 집어삼키고 있는 중이라고 믿고 있다가 문득 자신이 세상에 녹고 있다는 사실을 자각했을 때의 당혹감이 첫 시집과 두 번째 시집 사이에 있었고요. 덕분에 두 번째 시집에서는 세상에 녹고 있는 자아를 물끄러미 쳐다보는 시선 같은 게 생긴 셈이고요.

이근화 그래요. '물끄러미' 바라보는 시선 같은 것이요. 그럼에도 불구하고 반복, 변주되는 이미지들도 있는 것 같습니다. 새와 구름, 거울의 이미지들이 그런데요. 시적으로 공을 들이는 무엇이 있다면요?
또, 첫 시집에서 '새'가 실제 날아오르는 새로부터 관념으로 이동한다면, 두 번째 시집의 '새'는 관념 속에서 태어났지만 실재감을 주는 것 같아요. 뭔가 미묘하지만 다른 것 같습니다.

박판식 어떤 건물의 내부를 열심히 걷고 있다가 벽면의 거울을 들여다봤는데 거기에 비쳐지는 저는 없고 이해할 수는 없지만 납득할 만한 이상한 사람들이 저와는 반대 방향으로 열심히 걸어가고 있는 것을 본 적이 있습니다. 정신을 차리고 다시 봤더니 불현듯 거울은 없어지고 넓은 복도로 제 시야가 한없이 넓어지고 있었고요. 행인들도 별로 이상할 게 없는 정상적인 사람들이었습니다. 그런데 다시 정신을 차리고 봤더니 거울이 생겨나고 별 일 없이 지나가고 있는 저를 물끄러미 보고 있는 제가 거울 속에 있었습니다.

저한테는 새나 구름이나 거울은 다른 이름의 같은 존재들입니다. 두 번째 시집 이후에 어떤 이미지들이 새로 등장할지는 저도 궁금하고요.

이근화 말로 그렇게 풀어 주시니 더 매력적인 이미지들로 다가옵니다. 저도 때때로 어떤 이미지들이 절 질질 끌고 다닌다는 생각을 할 때가 있어요. 무엇인가에 사로잡혀서 그것 이외에는 잘 보지도 듣지도 못하는 상태에 놓여 있게 되지요, 한동안. 그런 착란과 도착의 상태가 시의 출발일 때가 종종 있어요. 감각을 자극하는 도시의 수많은 것들 속에 놓여 있지만 실제로 우리가 지각하는 것은 일부이고, 우리를 이끌고 있는 것은 정말 몇 개의 관념이라는 생각도 듭니다.

「성 서울」이라는 두 편의 시가 있어요. 대도시에서의 삶은 어떤가요? 살고 있는 동네의 즐거움은 무엇인지?

박판식 미아삼거리에 살고 있는데요. 두 번째 시집 안에도 그 풍경이 자주 나옵니다. 당분간은 다른 동네로 이사 갈 마음이 생기지 않을 만큼 사건과 사고가 끊이지 않습니다. 점집도 많고 술집도 많고 잡범도 많고 소시민도 많습니다. 저한테는 그들이 뮤즈들인 셈이고요. 현재의 저는 시골의 뮤즈들보다는 도시의 뮤즈들에 더 끌립니다.

이근화 저도 전원생활에 대한 꿈은 없습니다. 도시의 소음과 매연이 괴롭고, 한적하고 고요한 삶을 원하지만 도시를 떠난 삶을 생각하기는 어려워요. 아스팔트와 시멘트가 제 상상력의 원천인가 봅니다. 이상하게 흙길과 숲, 강과 바다 앞에서는 상상력이 고갈되는 것 같아요. 여기저기 돌아다니는 것은 좋아하지만요.

작품에 고유명들이 꽤 나와요. 인명과 지명들을 꽤 잘 부립니다. 여행을 통해 직접 경험한 것들도 있겠지만 아닌 것들도 많은 것 같아요. 어떻게 시에 그런 단어들이 들어오나요?

박판식 멀리 가는 여행은 거의 하지 않는 편이에요. 여행이라고 해 봤자 대개는 무작정 버스나 지하철을 타는데요, 순환하거나 환승하면서 이게 인생 자체라는 생각이 들 때가 많아요. 모든 지명에는 에너지가 들어 있고요, 그래서 살아 있는 것들과 큰 차별이 느껴지지 않아요. 그리움이 있어서 그 이름이 생각나는 게 아니고 반대로 별다른 생각 없이 있다가도 갑자기 이름이 생각나면 그리움도 생겨나는 꼴이랄까요. 고유명과 일반명에 대한 시적 구별은 없는 편이고요.

이근화 고유명의 에너지를 잘 부리는 좋은 시가 한국에는 많은 것 같아요. 저는 외래어에서도 에너지를 느끼는 편인데요, 순수 토박이말에 대한 경험치가 상대적으로 적고 성장기에 다른 언어와 문화에 대한 경험이 폭발적으로 많았기 때문이겠지요. 혹시 독서 노트 같은 것이 있나요? 즐겨 읽는 책, 음악, 영화 같은 것이 있다면요? 주로 어떤 장르를 즐기시는지?

박판식 저도 외래어에 대한 편견은 거의 없는 편이에요. 책은 잡지와 동서양 고전을 가리지 않고 읽는 편이에요. 쓰는 것보다는 읽는 걸 좋아하는 편이고요. 영화는 원래 좋아하지 않았는데 프랑스와 독일의 1960-70년대 영화에 재미를 느끼고 나서 이것저것 찾아보다 보니 지금은 잡다하게 영화들을 보고 있는 형

편입니다.

　　　뻔한 이야기 형식의 문학을 별로 좋아하지 않는데다가 스토리 위주의 영화도 좋아하지 않는 편이었는데, 그 시기에 나온 시적인 영화들을 발견하고 나서는 제 취향에 맞는 영화도 있구나 하는 생각이 들었습니다. 영화만이 할 수 있는 어떤 것을 표현하고 있는 영화가 좋더라고요. 물론 시나 소설도 그 장르만이 할 수 있는 어떤 것을 해야 한다고 믿는 편이고요.

　　　이근화 최근에 저는 연극은 아련하고 뮤지컬은 공허하다는 생각을 잠시 한 적이 있어요. 영화보다는 미드를 쉽게 찾아보게 되기도 하고요. 영화라도 한 편 보고 함께 소주잔을 기울이고 싶은 날씨네요.

　　　작품 속에서 자신의 이야기도 있고, 타인의 삶에 대한 이야기도 있는 것 같아요. 사실성 자체는 시 쓰기에 그다지 중요한 문제는 아니겠지요. 어떤 인물이나 사건을 풀어 나갈 때, 어느 정도의 미학적 거리를 두고 쓸 수 있게 되었나요.

　　　박판식 앞서 새와 구름과 거울이 다른 이름의 같은 존재들이라고 말한 적이 있는데요, 나와 너에 관한 관점도 마찬가지라는 생각이 들어요. 그런데 역으로 생각해 보면 내가 나인 것은 확실할까요? 제 두 번째 시집에서 제가 고민하고 있는 문제는 그런 것이고 아직 확신이 없습니다. 타인의 삶을 미학적 거리를 두고 다루는 일은 더 어려운 일이고요. 마흔이 넘은 이제서야 어느 정도의 거리감과 함께 겨우 나를 바라보고 있는 중입니다. 타인이 되어 타인의 담담한 시선으로 나를 볼 수 있다면 나는 과연 어떤 존재일까요? 좀 참담해지네요.

이근화 저는 시를 쓸 때만 그런 이상한 느낌을 받아요. 그래서 계속 시를 쓰고 있는 것인지도 모르겠네요. 다른 사람의 시선으로 사물이나 대상을 볼 수 있다는 착각 말이에요. 나 자신을 나의 바깥에서 바라보는. 실제로는 불가능한 일이겠지만요.

다른 사람의 시를 읽으면서 만나 보지도 못하고 말 한마디 섞어 보지도 못했지만 통하고 있다는 친근감을 느끼고 동류의식을 갖게 되기도 합니다. 그렇게 생기는 연대감은 학벌이나 지연과는 또 다른 끈이 되어 주는 것 같아요.

누구와 친하고 평소 뭐하고 노는지요?

박판식 제 두 번째 시집의 제목이 "나는 나와 어울리지 않는다"가 된 이유를 잘 설명해 주시네요. 나와 너 모두가 서로 낯설면서도 너무나 그리운 존재들이네요. 박상수, 김이듬, 채상우 시인하고 자주 만나고 이야기하는 편입니다. 이 사람들과 산책하고 밥 먹고 잡담하면서 노는 게 소소한 즐거움들인 것 같네요.

이근화 좋은 시를 쓰는 다소 불편한 사람들이네요. 농담입니다. 다른 사람들의 작품도 많이 읽나요. 최근 관심이 가는 작가나 작품에 대해 이야기해 주세요.

박판식 매 계절마다 나오는 잡지를 빼놓지 않고 거의 읽는 편이고 신간 시집도 거의 다 읽는 편입니다. 그건 시 말고는 별다른 취미 생활이 없어서일 겁니다. 좀 심심하고 한심한 인생인데요. 젊은 시인들의 시집이나 갓 등단한 신인들의 작품에서 우리 시의 미래를 점쳐 보는 게 저뿐만은 아닐 거라는 생각이 드네요. 젊은 시인들의 시가 변해 가는 것도 흥미롭게 지켜보고 있고요, 기존의 선배 시인들의 시에서도 항상 많이 배우고 있습니다.

이근화 그런 면에서라면 전 좀 게으른 편이에요. 방향성을 감지하는 일에는 별로 흥미를 느끼지 못하는 편이어서요. 제게는 확실히 평론을 하는 감각이나 문단의 경향을 읽어 내는 눈치는 없는 편이에요. 두서없이 아무거나 잡스럽게 읽고 보는 편이에요.
좋아하는 혹은 존경하는 시인이 있나요?

박판식 좋아하는 시인은 너무 많아서 일일이 나열하기도 힘드네요. 최근에 존경하게 된 인물이 하나 있는데요, 『난중

일기』의 화자가 저는 아주 마음에 듭니다. 한 줄 한 줄 읽어 가면서 시적인 에너지를 아주 강하게 느껴요. 『난중일기』의 화자가 현세에 태어났다면 어떤 인물이 되었을까 흥미진진하게 생각해 볼 때가 많아요.

이근화 『난중일기』도 여러 버전들이 있을 텐데요, 예전에 저는 김훈의 소설을 읽으면서 깜짝 놀란 적이 있어요. 거의 시에 가깝다는 생각을 했거든요. 그래서 과연 이게 뭔가, 장르란 무엇인가라는 생각을 잠시 했던 것 같아요. 시와 소설, 에세이를 오가는 중간적 글쓰기에 대해 사고를 진전시키지 못하고 두루뭉술해졌지만요.

박판식 시인의 시 쓰기에서 가장 중요한 것은 무엇인가요? 여전히 시 쓰기를 이끌고 있는 동력 같은 것이 있나요?

박판식 시를 안 쓰고도 살 만하면 안 쓰는 것도 꽤 좋은 방법이라고 생각합니다. 예전에는 시에 목숨 걸고 살았다고 하면 요즘은 그 정도는 아니지만 시 아니면 뭐 그렇게 절박한 게 있을까 하는 느낌이 드는 것도 사실입니다. 내용 못지않게 껍데기도 중요하다고 할 때, 삶과 시 중에 무엇이 내용이고 껍데기인지 아직도 저는 잘 모르겠습니다.

이근화 저는 삶과 시를 같은 반열에 놓고 생각하는 것을 별로 좋아하지는 않는데요, 제게는 사과와 오징어 중에 뭘 더 좋아하냐는 질문처럼 이상하게 들리거든요. 뭐 그렇더라도 두 가지를 어떤 서술어로 잘 풀어쓰느냐는 중요한 문제인 것 같기도 해요. 시는 삶보다 크지만 제게는 삶을 내팽개치지 않는 한에서 시 쓰기가 가능해요. 작은 시인이랄까. 실제 생활은 엉망진창 뒤죽박죽이고, 어떤 뚜렷한 목표나 계획을 세워 가며 살아가는 것은 아니지만, 어떤 우연과 예기치 못한 사건 속에서 감성을 지켜 가는 일이 중요하다고 생각하는 편이죠. 시를 쓰는 것 이외에 즐겁게 잘할 수 있는 것이 별로 없기도 하고요. 또 최근 들어 하게 된 생각은, 물리적 시간이 아니라 신체의 변화가 감성에 영향을 미친다는 어쩌면 당연한 사실을 실감하고 있다는 것이죠. 그래서 문단에서 세대론이 등장하는 것 같아요. 서로 다른 삶의 결을 지닌 일련의 무리들이 조금씩 다른 문학을 꿈꾸는 것이죠.

　　요즘의 시 쓰기 환경이나, 시를 즐기는 방식에 대해 어떻게 생각하시는지 들려주세요.

박판식 시가 더 가벼워지고 더 가벼워져서 잡지의 가십거리 정도가 아니라 소음이나 먼지 같은 것이 되는 것도 좋다고 저는 생각합니다. 산 속의 절 같은 곳에 기거하는 중의 관념적 놀음이 아니라 생활 속에서 생활의 한 부분이 되는 것이니까요.

이근화 시 쓰기가 생활 속의 한 부분으로 자리 잡아 가고 있는 것이군요. 시집 발간 후 청탁이 많은가요? 요즘 시 쓰기는 어떤가요? 앞으로는 어떨 것 같은가요? 특별히 해 보고 싶은 무엇이 있다면요?

박판식 하루하루 사는 것이 거의 벽 같은 것을 밀고 나가는 느낌이라 뭔가 새로운 것을 시도할 필요를 느끼진 않습니다. 그래도 저는 좀 나은 편입니다.

제가 좋아하는 한 사람이 최근에 절벽 끝에 서 있다가 10센티미터쯤 뒤로 물러선 느낌을 저에게 이야기한 적이 있습니다. 절벽 가까이 서 있는 사람에게 조금이나마 힘이 되는 뭔가를 제가 할 수 있으면 좋겠습니다.

바람이 몹시 부는 날이었다. 장충동 어느 카페에서 오랜만에 만나 수다를 떨었다. 반갑고 즐거웠다. 그는 좋은 오빠 시절보다 느긋해 보였다. 여전히 속이 뜨거운 사람인지도 모르겠다. 말로 다 풀지 않아도 좋으리라. 계속 시가 될 이야기들이 그의 안에 담겨 있는 것 같았다. 그의 말 속에 '뻔한'이라는 수식어가 종종 들어와 있었다. 그러저러한 사건들을 많이 겪은 상태랄까. 그는 아직, 여전히 그 한가운데 있다고 했다.

카페 근처 후미진 골목길을 걸으며 몇 장의 사진을 찍

었다. 그는 막다른 골목길을, 나는 흰 담벼락을 선호했다. 그는 자신을 어색한 사람으로, 나를 도시 사람으로 표현했다. 나이가 드는 건 그렇게 서로 조금씩 다른 사람에게 호의를 갖는다는 것인지도 모르겠다. 낮달이 구름 속에 숨어서 카메라로는 잡지 못했다. 그렇다고 없는 것은 아니지. 그리운 사람이 있냐고 그가 잠깐 물었다. 그렇지요, 내가 답했다. 서로 캐묻지 않아서 우리가 시인인 것 같다고 자평했다.

무한을 바라보는 유한한 자의 마음

1. 마음에는 없는 경

　　『우연을 점 찍다』의 주제는 내가 읽기엔 죽음과 마음 공부에 관한 것이 아니다. 오히려 삶과 몸에 관한 막막한 공부로 읽힌다. 게다가 '우연을 점찍는다'라고 했지만 삶과 죽음에 얽힌 세상의 이치를 우연으로 읽어 내고 있지도 않다. 오히려 이 시집은 이 세상의 이치에 관해 '도통 모르겠다'와 그런데도 '조금은 알 듯하다'로 점철된 물음표와 느낌표의 난장으로 읽힌다. 그래서인가. 이 시가 시집에 있었나 하고 고개를 갸우뚱거린 시가 불현듯 '나 여기 있소' 하고 다시 읽혀도 전혀 이상하지 않다. 왜? 시인은 지금도 『장자』에 나오는 아무짝에도 쓸모없는 가죽나무처럼 무재주의 재주, 무기교의 기교를 실천하는 중이니까. 그러나 1970년대 어느 사창굴의 여자가 수돗가에서 뒷물하고 난 뒤에도 옷을 추스르지 않고 문득 가을 하늘을 올려다보는 포즈로, 다음 시의 맨드라미가 앉아 있는 것처럼 보인다고 하면 선비로 알려진 시인에게는 누가 되려나.

1

근본 한미한
선비는 다만 적막할 따름이다

이따금
무료를 간 보느니

2

간 여름내
드높이 간두에 돋우었던 생각의 화염을
속으로 속으로만 낮춰 끄고 있노니

유배 나가듯
병마에 구참(久參)들 하나둘 자리 뜨는
텅 빈
가을날
　　—「가을 맨드라미」 전문

　　시인은 일찍이 이승을 "이승 큰 보자기에 싸들고/ 내
몫의 죽음을 찾아가는 당당한 길"(「길」)이라고 읊은 적이 있으니
혹여 이제는 경에 나오는 길(道) 이야기를 하지나 않을까 두려워
하며 이번 시집을 펼쳤다. 하지만 그것은 기우에 불과했다. 이 시
집 안에는 길이 아니라 길 안에서 겨우 버티거나 길 밖으로 밀려
난, 소외되고 주목받지 못한 추한 존재들이 득시글거렸다. 그러다
가을 맨드라미를 보며 "무료를 간 보"고 있는 시인에게 알 듯 모를
듯 공감이 갔다.
　　그러나 "왜 (하필) 늙음이고 죽음인가. 그것에 저항
하는 몸의 전략이 이즈음 나에겐 시다"라는 이 시집의 표4 글에
서 눈치 빠른 사람은 읽어 냈겠지만 시인은 보편적인 개념의 마음

에 관해서는 아는 체하지 않는다. 시인은 목숨을 건 세상과의 싸움에서 무서운 것은 적이 아니라 바로 자신의 욕망이라는 것을 아는 사람이다. 따라서 "왜 전신 마비 침대의 사내처럼 너는 늘 등밀이 등밀이로만 누워서 흐르는가/ 절벽에서 꼭 한 번만은,/ 어떡하긴/ 필생의 결단처럼 양손 가볍게 놓아 버려라"(「나의 시」)와 같은 욕망의 결연한 외침은 추가 미를 향해 던지는 의지의 표현으로 읽힌다.

그런데도 뒹굴뒹굴하며 시집을 읽다 보니 오히려 「가을 맨드라미」와 같은 시가 눈에 들어오는 까닭은 무엇인가. "이따금/ 무료를 간 보"다니. 이 시 덕분에 절벽에서 떨어지는 시간의 절박한 속도가 느려지는 이상한 감각이 생겨났다. "대명한 하늘땅 사이"에 "먹먹한 목청 큰 사자후 한 방"(「나의 시」)을 먹이려는 폭포수 같은 분별심에 갑자기 무료가 생겨났다. 무료는 이상한 상태다. 무료는 감각인가, 마음인가, 아니면 잠든 것도 아니고 깬 것도 아닌 감각의 이상한 제로 지점인가.

세계는 그렇게 잠시 입원했다 퇴원하는 병동인지
담벼락 견고한 절망에서 앞이 열린다 줄탁으로 생각이 깨어지며
문이 열린다
복도 끝 간호사실까지 먼 귀를 내보내 놓고 그는 기다리지만
등 뒤로 지나가는 무심한 발소리

왠지 이 밍밍한 무사 무사가 불안하다고
감각은 결코 기댈 것이 못 된다고
그는 목숨을 한층 더 둥글게 말고 눕는다
휴일 면회 시간 끝난 오후
창밖 하늘에 잠깐 머물다 흩어지는
겨울 구름들
—「암 병동 6인실에서」 부분

'줄탁'이란 병아리가 알에서 나오기 위해서는 새끼와 어미 닭이 안팎에서 서로 쪼아야 한다는 뜻으로, 선종(禪宗)의 공안 가운데 하나다. 그런데 어미 닭은 쪼는 시늉만 하지 정작 알을 깨는 것은 새끼다(그리고 이때 시인이란 존재는 아마 천성적으로 어미가 아니라 새끼 쪽에 가깝다). 그렇다면 여기서 깨어지는 것은 무엇인가. 줄탁으로 깨어진 생각에서 무엇이 태어났는가. 나는 그 생각이 깨어진 자리에 태어난 것이 이 무료가 아닐까 생각한다. "휴일 면회 시간 끝난 오후" "겨울 구름들"이 심각한 6인실 병동의 창밖 하늘에다 무료를 보여 주다 흩어진다. 감각은 믿을 수 없는 것이라 결코 기대어선 안 되는 것이지만 내가 나로 존재하고 있음을 증명하는 유일한 증거다. 그러나 늙고 병든 몸에 머무는 감각은 젊고 아름다웠을 때만큼 마음의 전략을 잘 따라 주지 않는다. 오히려 적보다 더 허무하게 나를 무너뜨리며 나를 추하고 고달프게 만든다. 그렇게 감각은 내 몸과 마음의 주인이 내가 아니었음을 알게 하며 내가 관념으로 얻은 보편의 지식은 거짓임을 알게 한다.

그리하여 시인의 시가 다시 젊어졌다고 느끼게 하는 역설적 대목이 바로 이 몸의 전략이 통하는 순간이다. '늙음과 죽음에 저항하는 몸의 전략' 즉 늙음과 죽음에 순응하는 몸의 전략이 아니라 어떻게든 저항하려는 몸의 전략으로 시인은 늙음이나 죽음 못지않게 젊음이나 생에도 주체할 수 없이 끌리는 것이다. 우리가 아는 방식으로 삶과 죽음이, 젊음과 늙음이, 미와 추가 그리고 선과 악이 길항한다고 믿어서는 곤란하다. 우리는 시인처럼 모르는 것에 관해서는 모르겠다 하고 조금 아는 것에 관해서만 약간 쓸모가 남은 폐품처럼 모르는 체 툭 던져 놓아야 하는 법이다.

2. 봄, 세한도

인사팀 담당자에게 사직서를 제출하고
그동안 여러 십 년 짐 졌던 세간(世間)을 마침내 부렸구나 했으나
웬일, 땅멀미하듯 몸이 일순 휘청했다
이 현훈(眩暈)도 무위도식에 대한 무슨 포상인가
평생 듀오백 의자처럼 비비고 기대어 온 등받이가 없어진 거기
행정실 광막한 허전함에

폐품 직전 누더기 등짝 하나 붕 떠 있었지
　　　　　　　　　　　　　　 —「포상, 빛나는」 부분

　　잘려진 수족에만 환상통이 있을까. 생업이라는 등받이 의자가 사라지자 시인은 기댈 곳 없이 몸이 붕 떠 있는 생의 환상통을 느낀다. 마음은 망각하는데 몸의 기억은 시인을 어린 날의 철부지 손자로 되돌아가게 한다.

　　시를 다 쏟고는 크게 입 벌리고 죽어 뜬 한 마리 연어처럼
　　나는 망각 속을 둥둥 떠다닐 것이다
　　다만 그해 늦여름 저녁 마당에서
　　짚 멍석 날을 늘이며
　　철부지 손자의 학업 중단에
　　역정 난 할아버지 만년의 퇴락한 얼굴이
　　내면 속 먼 하늘 끝에 걸려 펄럭일 뿐
　　　　　　　　　　　　　　 —「또다시 고향에서」 부분

　　　하지만 몸이 늙는다고 속절없이 감각마저 늙을 것인가. "웬 갑병들 곳곳에 화사한 전채를 벌여 놓았나/ 워커힐 경내 늦은 봄밤/ 나이 칠팔십 줄 노경의 벗나무는/ 제 안 방방에 칸데라 불을 밝히고 섰다". 장엄하게, "바람도 없는 공중에/ 임자 없는 모가

지들 자욱하게 끊어져 날"리는 벚나무 벚꽃들의 포즈들(이상 「벚꽃대전(大戰)」). 시인은 추사가 한겨울 소나무에서 보았던 담백한 환멸을 봄의 벚꽃들에서 보고 있는 중이다. 그것도 후세 사람들이 흠모하는 장판교 위의 장비나 필마단기로 나선 조운의 입장이 아니라 역설적이게도 그 창과 검 앞에 속절없이 베어진 조조의 이름 없는 병사들 중 하나가 되어 그 화려한 죽음의 군무를 보고 있는 중이다.

"음송하듯 어린 민며느리가 읽는 세창서관본 삼국지"(같은 시) 속에서 영웅이 아니라 이름 없이 왔다 사라진 범인(凡人)들의 죽음을 듣는 중이다(이때 '민며느리'라는 단어가 주는 성적이면서도 동시에 성에서 탈속된 어감이라니). 따라서 추사의 마음속에 있는 상징의 나무가 소나무라면(제주도에서 소나무는 흔한 식물이 아니다), 시인의 마음속에 있는 감각의 나무는 노경에 접어든 나무와 세상의 온갖 꽃이라고 할 수 있다.

결핍은 꿈을 낳고 꿈은 현실을 어떻게든 바꾸어 놓는다. 늙고 병든 존재에게 아름답고 젊은 것은 환멸의 대상이지만 환멸이란 한때 환을 갖고 있었다는 뜻이 아니던가. 시인은 환과 환멸을 구별하지 않는다. 깨어 있는 듯도 하고 졸고 있는 듯도 한 감각 속에서 굳이 소유하지 않더라도 시인은 보는 것으로 만족한다(그러나 보는 것도 소유의 한 종류다. 시인은 이미 그것을 알고 있다). 그러나 동시에 나와 달리 젊고 아름다운 존재들 때문에 내 몸의 늙음과 병을 보게 되는 것도 어쩔 수 없는 현실이다.

따라서 이번 시집에 온갖 식물과 꽃이 난장을 펼치는 것은 우연이 아니다. 「나의 시」에서 수평으로만 흐르던 시가 절벽에서 곧추 떨어지다 일어서는 것도 수평으로 기던 식물이 꽃을 피울 때는 수직 운동을 하는 순간을 포착한 것이며, 「경천 고속도에서」에서 "꾀죄죄한 잿빛 치파오 툭 터진 옆단으로/ 허벅지 살 희멀겋게 비어져 나온 장신의 미루나무 떼"의 툭 터진 치파오나 대지를 뚫고 나온 장신의 미루나무도 꽃과 관련된 요동치는 물질의 운동성을 보여 준다. 게다가 우리는 장독이나 열독 때문에 몸에 두드러기가 났을 때에도 그것을 꽃이라고 부른다. 그렇다면 앞서 「가을 맨드라미」가 이상야릇한 감각으로 읽혔던 것도 이런 감각과의 연관성 때문일 것이다. 다시 태어나고 싶다는 치기 어린 욕망이 아니라, 늙음도 하나의 꽃이라는 성찰은 이 때문에 빛난다. 시간 앞에 성욕이란 "재개발 관리 처분 지구의 텅 빈 가옥/ 철거 끝난 황무한 공한지일 뿐/ 시간의 한낱 맛있는 먹이일 뿐"(「성인용품점 앞에 서다」)이지만 그 깨달음에 이르는 길이 곧 환멸의 꽃이 피고 지는 과정이다.

세상의 이치로 따져 보면 안타깝고 슬픈 현실이지만 선불교에서 말하는 분별심을 버리고 보면 "가장자리 나달나달 핀 종이쪽지 구걸 사연"을 돌리는 앵벌이의 "쪽방촌 성폭행범처럼 점점점 씨를 묻으며 드나드는" 그 우연처럼 보이는 행위도 "꽃에서 꽃으로 방에서 방으로 점, 점, 점 찍듯 들렀다 날아가"(「우연을 점

찍다」)는 나비나 벌들의 행위와 별다를 바 없다. 그런데 굳이 인간
은 유독 분별심을 가진 죄로 꽃과 곤충, 열매와 인간을 유비의 관
계로 이해하며 교훈과 이해관계를 따진다.

　　　　가령 제주에 유배되어 벌레와 두드러기와 곤장을 맞은
자리의 장독과 싸웠을 고립된 늙은 선비 추사에게 소나무가 있었
다면, 조기 퇴직한 시인에게는 냉담한 세상인심이나 세태로도 가
리지 못한 꽃들의 난장이 있는 셈이다. 그런데 고독한 선비 추사가
천진난만한 어린아이가 되었음에 반해 시인은 "사창굴 여느 꽃의
곪아 터진 몸"(「우연을 점 찍다」)을 자신에게서 발견한다. 그리고
"이 꽃의 음호(陰戶) 속에 저 꽃의 치골 위에"서 우연을 점찍고 있
는 앵벌이(벌)에게서 미와 추를 분별하지 않는 늙은 청춘이 되었다
는 게 굳이 다른 점이라면 다른 점이다.

3. 박정자 삼거리에서 동학사까지

　　　　"광릉 숲 뭇나무들 늙는 냄새 지독하게 내뱉는/ 이 무
렵쯤"은 언제인가. 시인은 "간 겨우내 혹한에 그 관목은 제 내부 기
관에서/ 축골공(縮骨功) 시전하듯 우, 두, 둑, 우두둑 몸피를/ 안
으로만 우그려 붙였다, 무릎 꿇었다"라고 하며 현세의 시간이 봄
이라고 알려 준다. 그런데 "쇠비린내가" 나는 늦은 봄이다(이상

「광릉 숲에서」).

이걸 봄이라고 할 수 있나. 시인의 이 시 덕분에 나역시 결국 희로애락과 생로병사에 얽혀 있는 하찮은 한 존재임을 알뜰하게 알았으니 지금은 진짜 봄이 없는 슬픈 계절이다. 그러나 마음 한번 돌이켜 집착 끊으면 그 어느 때라도 우리에게 봄 아닌 때가 있었던가. 호흡 한번 가다듬고 눈감으니 나는 지금 "성근 뭇비 속에 비설거지 못 한/ 왕벚나무들이 열어 놓은 양은솥들, 양은솥들,/ 박정자 삼거리에서 동학사 입구까지의.// 죽음인지 시간인지"(「마음經 44」) 모를 현기증 나는 꽃들의 폭우 속을 여행하는 중이다.

그러나 꽃이 폭우로 쏟아진다 해도 우리가 짊어진 이 첩첩 번문은 또 어쩔 것인가. 그런 사람에게 지금 당신이 어디에 있으며, 어디로 가는 중이냐고 물으면 어떤 대답을 할 것인가. 시인은 나란 존재는 죽음인지 시간인지, 마음 밖인지 안인지 모를 세계에서 첩첩이 모여 놀던 저녁 구름들 중의 하나일 뿐이니, 무엇에 집착하고 또 무엇을 분별할 것인지 되묻는다. 아무렴, 내가 지금 당장 사라진다 하여도 "여느 때 역시 저와 같으리"니.

첩첩이 모여 놀던 저녁 구름들 뿔뿔이 흩어져 제 집 돌아간다.
성근 빗낱에 씻긴
먼 산 뒤통수

환한 쪽빛 속에 둥글둥글 돌출했구나

마음 밖인가 마음 안인가
내 가고 난 뒤 여느 때 역시 저와 같으리
―「마음經 55」 전문

　　　　이 글을 마무리하다 문득 시인의 모습을 그려 본다. 그러자 장신의 이름 모를 나무 하나가 세계와 자신을 두루 살펴보고 있는 모습이 떠오른다. 그 나무는 두터운 대지를 뚫고 나와 하늘 높이 올라가 구름과 가끔 접신하며 자신에게는 결핍된 물의 꿈을 꾸고 있다. 나는 그 꿈의 발원지가 시인의 고향인 남수원이 아닐까 짐작해 보지만 실제로 존재하는 곳이 아닌들 어떤가.

모처럼
첩첩 번문(煩文)에서 풀려난 마음 뒤쫓아 어디로 갈까
불 달은 청옥돌을 그 속에서 담금질하는지
푸시시푸시시
시시각각 옥빛 대깔 짙게 우러나오는 하늘가에나,
여름 공사장 흙먼지 두꺼운 쓰개로 둘러쓰고
터진 입속 빨간 잇몸 시큰대는 배롱나무 늦꽃에나 가서 놀까
아니다, 그렇구나

황동규 선생 따라가 놀던 곳

예수도 불타도

시치미 뚝 떼고 불러내 대담하던

해미읍성에나,

그 대담장 비켜 나와 성 밖 기념품 가게에나 슬몃 들러

말씀들에도 원산지 있는지 수입산 국산 있는지 골라 볼까

망명시키듯 이미 내륙 깊숙이 뒤로 빼돌린

속 믿음들 저 혼자 잦아들고 나면

썰물 빠진 갯벌처럼 짓이겨진

육신만

교수목에 쓸쓸함으로 식게 걸어 두고 말까

내장 마르는 명태처럼

높새바람에 너덜너덜 몸 해질 날만 기다리다 말까

우왕좌왕 열린 그대로 그렇게

문 활짝 열어 두고 마지막까지

첩첩 번문에서 풀려난 마음 뒤좇아

헤매고 싶은가

―「마음經 36」 전문

　　　　이 시집을 읽고도 결국 "첩첩 번문에서 풀려"나지 못
하는 어리석은 나의 마음은 고향도 집도 절도 없이 헤매고 있다.

게다가 시인이 찾아간 해미읍성의 교수목을 들여다보고 있으니 삶이 더 아찔하다. 우리가 가는 길이 진짜 길이라면 삶과 죽음으로 가려질 리 없으니 그 어디에라도 숨은 뜻이 보여야 할 텐데, 여전히 어디에도 보이지 않으니 두렵다. 그러니 이제부터라도 시인이 도달한 마음의 수위에 도달할 욕심일랑 버리고, 시인이 육신을 걸어 두고 만 교수목의 감각에서부터 하다 만 공부를 시작해야겠다.

사랑과 희망, 그 불가능성

1.

이성복의 첫 시집이 내게 준 영감이 무엇이었던가. 야코비의 말을 뒤집어 '가슴은 이교(異教), 머리는 그리스도교'라고 하면 어떨까. 이 시집을 처음 읽은 이십대에 나는 '나는 누구인가'

라는 질문을 이해하지 못했었고, 서른아홉이 된 지금에도 나는 그 질문의 문턱에도 닿아 보지 못한 느낌으로 살고 있다. 그래서인가, 그 질문의 아득함과 황망함 때문에 나는 언제나 그 질문을 '세상은 무엇인가' '너는 누구인가'라는 어리석은 방향으로 틀어 버리기 일 쑤였다. 그런데 누군가가 그 질문에서 도망치지 않고 그 질문에 매 달려 버티고 있는 것을 보았을 때의 충격이란, 내게는 놀라움 그 자체였다. 이성복은 그런 느낌으로 내게 왔다.

'나는 누구인가'라는 질문을 억지로라도 붙들고 있을 때마다 느끼는 목마름, 그 갈증을 해소하기 위해 내가 억지로 집어 삼켰던, 지금 돌이켜 보면 물이 아니었던 것들. 내가 녹여 내지도 못하고 나를 녹여 내지도 못한 그 이상한 사물들의 목록에 지금도 이성복의 첫 시집이 당당히 있다. 물론 이성복을 읽고 난 몇 년 후 에 "나는 타자다"라고 말한 랭보나, 나를 "악의 꽃"이라고 말한 보 들레르를 만나면서 그 갈증은 다소 해소가 되었다. 그러나 이성복 의 첫 시집은 여전히 내게는 진선미의 등대였고 시의 시금석이었 다. 그 불빛이 가리키는 곳에서 나는 파베제를 만났고 로맹 가리 와 네르발을 만났었다. 그리고 내가 읽은 당대의 모든 시집들은 그 때부터 내 책장에서 버텨 내려면 이성복이라는 가혹한 시련을 견 뎌 내야만 했다.

돌이켜 보면 내 시작(詩作) 여행은 '그것을 위해서라면 목숨이라도 기꺼이 내놓겠다'라는 말도 안 되는 각오를 가진 자를 만나기 위한 여행이었다. 그것은 다행히도 현실에서는 이루어지지 않았다. 그것이 일찍이 내 앞에서 이루어졌다면 그 순교 앞에 나는 나의 펜을 기꺼이 꺾었을 것이다. 그러나 운이 좋았던 것일까, 나빴던 것일까. 그 숱한 헛짓거리에도 객사하지 않은 덕에 나는 그것의 다른 면을 알게 되었다. 만일 이십대의 각오처럼 시가 그것과 목숨과의 심각한 문제이기만 했다면 그것은 너무 무거워 생겨나지도 못했을 것이다. 지금 이 순간에도 그것은 세상의 중력을 이겨 내고 사람을 걷게 하고 나무를 자라게 하고 새를 날게 하고 구름을 흩어 놓고 있다. 그것은 무겁고도 가벼울 수 있는 것이고, 어두우면서도 동시에 밝을 수도 있는 이상한 것임을 이십대의 나는 느껴보지 못했던 것이다.

그래서 이십대의 나는 이성복의 시집을 읽으면서 "엘리 엘리 라마 사박다니"의 참뜻을 알기 위해 고심했고 그렇게 되려고 노력해도 안 되는 것을 노력했었다. 그러다 뜻밖에 '엘리'가 '나의 하나님'의 무거운 뜻만이 아니라, 넬리 작슨 여사 덕분에 이스라엘인의 평범한 이름이라는 것을 알았을 때 이성복이라는 마술은 잠시 그 빛이 희미해지기도 했었다. 그러나 이성과 해석이란 거짓말쟁이이고 아첨꾼이다. 그 누구의 영향이나 해석도 이성복의 시를 죽이지는 못했다. 생각지도 못했던 곳에서 이성복의 시는 그 이성의 단단한 틈을 비집고 나와 중얼거린다. 그 중얼거림은 '엘리'가 누구인지, 내가 누구인지, 당신의 딸과 당신의 어머니가 누구인지 왜 죽어서도 시집을 가는지를 생각하고 있을 때, 불현듯 그 어딘가에서 터져 나온다. 그것은 과연 누구의 목소리였을까. 이성복의 시에는 그런 이교도의 주술과도 같은 이상한 중얼거림들이 있다. 바타이유의 『다다를 수 없는 나라』에 나오는 선교사가 이국의 땅에서 죽어 가면서 느꼈을 것 같은 경이로운 환상과 감각들. 태어난 곳이 가르쳐 준 태생적 진실과 이곳 말고도 다른 세상이 있다는 사실을 받아들여야만 할 때 생기는 결핍감, 그리고 그 거리에서 생겨나는 감각의 균열. 그러나 역설적으로 그 거리감 덕분에 진정으로 삶은 어디로 가지 않고서도 그 자체로 여행이 된다. 그것은 "머리는 이교, 가슴은 그리스도교"가 '머리는 그리스도교, 가슴은 이교'가 되는 순간의 현기증.

> 엘리, 엘리 죽지 말고 내 목마른 裸身에 못 박혀요
> 얼마든지 죽을 수 있어요 몸은 하나지만
> 참한 죽음 하나 당신이 가꾸어 꽃을
> 보여 주세요 엘리, 엘리 당신이 昇天하면
> 나는 죽음으로 越境할 뿐 더럽힌 몸으로 죽어서도
> 시집가는 당신의 딸, 당신의 어머니   —「정든 유곽에서」부분

처음부터 누구라도 인간은 두 인격을 지녔다. 겸손하면서 오만하고, 약하면서 강하고, 게으르면서 부지런하고, 존경하

면서 배신하고, 솔직하면서도 시기하는, 뱀은 일찍이 나였고 이브와 아담도 나였다. 그러나 선악을 넘어서는 쾌락과 미를 나는 바랐다. 과연 선악과(善惡果)는 누군가가 손대지 않으면 결코 떨어지지 않은 채 영원히 그곳에 있었을 것인가. 내게 이성복은 뱀이었고 이브였고 아담이었다.

> 모든 게 神秘였다. 길에서 오줌 누는 여자아이와
> 곱추 남자와 電子時計 모든 게 神秘였다 채찍 맞은
> 말이 길게 울었다 모든 게 神秘였다 사람이 사람을
> 괴롭히고, 그러나 죽지 않을 만큼 짓이겼다
> 모든 게 神秘였다 사랑의 힘 죽음의 힘 죽은 꽃의 힘
> 모든 게 神秘였다
> 삼백육십오 일 駱駝는 타박거렸다
> 얼마나 멀리 가야 하나 얼마나 가까이 있어야 하는가
> —「口話」부분

그리고 이성복은 신비였고, 신비다. 그러나 동시에 신비로부터의 추방이고 신비로부터의 낙오다. 그의 시는 언제나 그 자리에 함께하지 못한 사람, 변명할 기회도 갖지 못한 사람, 패배한 쪽, 무시된 존재의 편에 있었다. 지금도 이성복은 뭔가 쓸모없어진 것을 잘 줍는 사람, 거의 보이지도 않고 들리지도 않는

것을 보고 듣는 사람이다. 그의 손가락이 가리키는 곳을 보면 그런 것들이 놓여 있다. 그는 배치의 마술사고 중얼거림의 청문사 (聽聞士)다.

> 그대 제대로 움직이지 않는 입술 사이로
> 시는 물거품처럼 번지고 苦痛은 길가에서 팔리고 있었지 내일은
> 主日이야 그대 아현동 正敎會의 희랍 사제를 기억하는지 내일은
> 主日이야 하품과 영광을 위해 돼지 떼 속으로 다시 들어가진
> 않을는지 그대 툇마루는 아직 어지럽고 어머니는 老患을 사랑
> 하고
> 있어 그대 飮料水를 마셔 두게 별과 糞尿가 또 한 번 그대 彼岸으로
> 흐르게 하게
> ―「돌아오지 않는 江」 부분

하지만 만약 위의 시에서 들려주는 목소리뿐이었다면 그의 매력은 쉽게 반감되었을 것이다. "여름산은 솟아오른다/ 솟아오르지 않는다 솟아오르는 모습만 보여 준다", "빌어먹을/ 오늘 나는 결정적으로"의 목소리만으로도 그는 매력적인 가수다. 그런데 그는 하나의 목소리만을 가진 가수가 아니다. 그는 잘 듣는 귀를 가졌고 특이한 다성의 목소리를 가졌다. 그 덕에 그는 다음과 같은, "아버지의 고함 소리는 고추나무 키 위에/ 머뭇거렸다/ 모기

와 하루살이 같은 것들이/ 엉켜 붙었다", "너는 내가 떨어뜨린 가랑잎이야", "개새끼 건방진 자식", "씨발놈아 비겁한 놈아", "씹새끼, 너는 입이 열이라도 말 못 해" 등등의 구어와 욕설들을 시에 녹여 냈다. 그리고 결정적으로 누구의 중얼거림인지도 모를 이상한 중얼거림을 시에 녹여 내고 있다. 지금 읽어도 불시에 뒤통수를 얻어맞은 느낌이 드는 저 "순, 지, 는, 죽, 었, 다"의 목소리는 누구의 목소리인가.

> 아직도 나는 지나가는 海軍 찝차를 보면 경례! 붙이고 싶어진다
> 그런 날에는 페루를 向해 죽으러 가는 새들의 날개의 아픔을
> 나는 느낀다 그렇다, 무덤 위에 할미꽃 피듯이 내 記憶 속에
> 송이버섯 돋는 날이 있다 그런 날이면 내 아는 사람이
> 죽었다는 소식이 오기도 한다 순지가 죽었대, 순지가!
> 그러면 나도 나직이 중얼거린다 순, 지, 는, 죽, 었, 다
> ―「제대병」 전문

2.

시는 내게 한때는 벽이었고 칼이었고 반드시 가지고 싶은 미의 성배였다. 그런데 시가 내게 밥이었던 적이 있었던가.

최근에 이성복의 시집을 다시 읽으면서 나는 이 시집의 의미를 지금도 제대로 이해하고 있지 못하다는 사실을 알게 되었다. 그 난해한 시들 중 한 편을 읽어 보자.

밥으로 떡을 만든다
밥으로 술을 만든다
밥으로 과자를 만든다
밥으로 사랑을 만든다 愛人은 못 만든다
밥으로 힘을 쓴다 힘쓰고 나면 피로하다
밥으로 피로를 만들고 悲觀主義와 아카데미즘을 만든다
밥으로 빈대와 파렴치와 방범대원과 娼女를 만든다
밥으로 天國과 유곽과 꿈과 화장실을 만든다 피로하다 피로하다
심히 피로하다
밥으로 苦痛을 만든다 밥으로 詩를 만든다 밥으로 철새의 날개를
만든다 밥으로 오르가즘에 오른다 밥으로 양심 가책에 젖는다 밥으
로 푸념과 하품을 만든다 세상은 나쁜 꿈 나쁜 꿈 나쁜
밥은 나를 먹고 몹쓸 時代를 만들었다 밥은 나를 먹고 동정과 눈
물과 能辯을 만들었다, 그러나
밥은 希望을 만들지 못할 것이다 밥이 法이기 때문이다 밥은 國
法이다 오 밥이여, 어머님 젊으실 적 얼굴이여
—「밥에 대하여」 부분

이 시에서 화자는 밥이 시를 만든다고 했다. 그런데 정말 밥은 시를 만들 수 있는가? 밥은 '떡'과 '술'과 '과자'의 재료다. 그러므로 밥으로 이것들을 만든다는 사실은 수긍할 수 있다. 또 '빈대'나 '파렴치'나 '방범대원'이나 '창녀'를 밥이 만든다는 사실에도 동의할 수 있다. 그런데 정말 '사랑'이나 '꿈'을 밥이 만들 수 있는가? 게다가 왜 '애인'이나 '희망'은 만들지 못한다고 한 것인가. 화자는 그 이유를 밥이 (국)법이기 때문이라고 했다. 밥이 법이기 때문에 애인과 희망을 만들지 못한다는 것이다. 이것은 무슨 뜻인가. 마치 카프카 식의 진술처럼 그 답이 다시 질문이 되는 격이다. 하지만 아이러니하게도 이 시집이 아직도 나에게 읽히는 이유는 바로 그것 때문이다.

만약 이 시집이 쉽게 풀리는 수수께끼였다면 이 시집은 벌써 먼지가 쌓인 채 내 책장 어딘가에 처박혀 있을 것이다. 그런데 이 이상한 수수께끼는 여전히 나의 평화를 깨뜨리고 나를 괴롭힌다. '사랑은 만드는데 애인은 못 만든다'나 '희망을 만들지는 못할 것이다'라는 두 구절이 내게 무한한 의문을 가져온다. 게다가 '어머니 젊으실 적 얼굴'이 밥이라니, 그 구절에까지 이르면 나의 의문은 거의 통증에 가까워진다.

나는 이 두 절에 대응하는 꽤 많은 안티테제를 가지고 있다. 그것은 나의 의식을 충동질하는 분석과 반성의 힘인 동시에 무의식과 무질서와 혼란을 가져다주는 변증의 출발점이다.

나는 이 세상을 이해하고 있지도 못하지만 제대로 된 신념을 가지고 있지도 않다. 나는 이해의 결핍이자 신념의 결핍이다. 그런데 어떤 이해와 신념이 나를 선행해서 존재하고 있다. 이것을 이해관계에 얽매이지 않는 친구이거나 선물이라 여기는 것은 나의 섣부른 오해일까.

불안하지 않았다면, 심장이 원하는 것이 없었다면, 생활이 나의 자유를 갉아먹지 않았다면, 나는 시를 읽지도 쓰지도 않았을 것이다. 가수들이 누군가를 위해 노래를 부르는 순간이 가장 행복하다고 말할 때 나는 냉소를 느낀다. 그들은 삼류다. 노래를 부르는 이유를 그렇게 쉽게 찾을 수 있다는 것이 놀라울 지경이다. 그런데 시를 쓰는 사람들 중에도 그런 사람들이 많은 것 같다. 거의 감정의 배설에 가까운 것을 시나 노래라고 우기면서 그것을 사랑이나 선물이라고 우리에게 내미는 격이다. 요즈음 나는 시집이라는 형식에 잘 차려진 시들을 읽을 때마다 이젠 냉소를 지나 담담한 마음이 생겨날 지경이 되었다. 아이쇼핑을 하듯이 쇼윈도에 진열된 생활을 나열한 시나 여행지를 돌고 난 뒤의 한담을 늘어놓는 시나 선배들의 결실을 아무런 자의식 없이 흉내 내고 있는 시들을 읽을 때마다, 시 역시 세상을 움직이는 다른 욕망의 법칙과 별다를 바 없이 움직인다는 사실에 지리멸렬해진다.

그러나 세상은 지금 이 순간에도 그 대부분의 죽어 있는 시들이 진술하는 것과 달리, 불안하고 유동하며 아프고 자유롭지 못한 채로 살아 있다. 내가 이성복에게 돌아가는 이유는 그 때문이다. 그의 시들은 세상과 더불어 살아 있었고 지금도 여전히 살아 있기 때문이다. 병에 걸렸는데 도무지 낫지 않아 이 약 저 약을 먹어 보는 사람처럼 나는 밥은 먹지 않고 시라는 약을 찾아 여기저기를 돌아다녔다. 그러다 문득 밥이 생각나 발길을 돌리면 언제나그가 있었다. 시는 약이 아니었다. 시는 밥이었던 것이다.

그런데 굶은 데다가 아팠던 어느 날 아름다운 꿈을 꾸었다. 꿈은 밥으로 만들 수도 있지만 밥 아닌 것으로 만들 수도 있다는 것을 알게 되었다. 게다가 꿈이 밥을 만들 수도 있다. 꿈속에서도 어머니가 지어 주신 밥은 따뜻했고 헛것이 아니었다. 그리고밥을 지어 준 사람은 나의 생시의 어머니가 아니었다. 하지만 나의생시의 어머니와 얼굴은 달랐지만 꿈에 나온 그 여자가 나의 어머니라는 것은 알 수 있었다. 나의 언어는 아직 그 여자를 묘사하는방법을 알지 못한다. 그래도 나는 여자의 사랑을 느꼈다. 나는 사랑이라는 말의 주인도 아니고 희망이라는 말의 주인도 아니다. 그런데도 그것들은 내 주위를 돌고 있었고 듣지도 보지도 못하는 내게 말을 걸어오고 있었던 것이다.

그래, 온몸으로 번지는 梅毒의 사랑
문드러지면서 입술이, 허벅지가 表現하는 아기자기한 사랑
어머니, 저의 밥은 따뜻한 죽음이요 저의 잠은 비좁은 壽衣요

어머니 저는 낙타요 바늘이요 성자요 성자의 밥그릇이요 어머
니, 저는

견디어라 얘야, 네 꼬리가 생길 때까지 아무도
만나지 마라, 아픈 것들의 아픔으로 네가 갈 때까지
네 혓바닥은 괴로움의 혓바닥이요 네 손바닥은 병든 나무의 나
뭇잎이요
(⋯중략⋯)
요단, 잔잔하단다 요단, 지금 건너라, 빨리 하시면

내가 건너겠어요? 어느 게 나룻배인가요? 아니에요
그건 쓰러진 누이예요 엄마, 누이가 아파요
―「사랑 日記」부분

　　　　물론 내가 말하는 그 사랑과 희망은 위의 시를 읽으면
여지없이 무너지는 약한 것들이다. 이성복에 의하면 약이라고 믿
었던 것은 아픔의 아픔이고, 병든 나무의 나뭇잎이고, 나룻배가 아
니라 아픈 누이였던 것이다. 우리는 이 세상에서 인생이란 더 갖고
싶은 것, 더 자유롭고 싶은 것, 야망과 포부와 희망을 더 넓혀 가
는 것이라고 배웠다. 그러나 그 반대 방향에서 오는 것들이 있다.
이성복이 가리키는 곳에서 오는, 왜소하고 비천하며 약하고 무식

하며 병들고 가난한 것들. 권리는 없이 의무만 지워진 것들. 이것들은 나를 한없이 낮은 곳으로 엎드리게 한다. 그러면서도 아무리 엎드려도 그것들보다 낮아지지 않는다는 사실에 두려워진다. 시는 그 낮은 곳에서 오는 중얼거림이고 한숨이고 비명이라는 것을 알기 때문이다.

이성복의 밥에 대한 성찰은 내게 한때는 벽이었고 칼이었고 미의 성배였던 시에 대한 나의 태도를 바꾸게 했다. 시는 욕망이지만 욕망 아니고서는 사랑도 없었다. 사랑은 욕망 자체는 아니지만 욕망에서 태어났고 욕망의 벽을 기어오르다가 욕망의 칼끝에서 죽는다. 나는 꿈속에서 그 칼로 볼품없고 커다랗기만 한 시퍼런 배(梨)를 잘랐다. 한 평론가는 내 옆에 서서 그걸 왜 굳이 자르느냐고 물었지만 나는 그 속이 궁금하기도 하고 그 배가 꽤나 마음에 들었다. 잘라 보니 배는 그 속까지 시퍼렇다. 물론 꿈속인데도 생시처럼 나의 감각은 상쾌했다. 그리고 불현듯 그 꿈을 꾼 아침, 나는 이성복이라는 이상한 배의 속이 궁금해 이성복을 만나기 위해 길을 나섰다.

나는 나와 어울리지 않는다

송사리 떼가
개천을 누비고 있다.
송사리는 떼 단위로
몰려갔다 몰려왔다 한다.
잠도 떼 단위로 자고 떼 단위로 잠을 깬다.

송사리에게는 我라는 것이 없다.

너무 작아

있다 해도 눈에 띄지 않는다. 그러나

송사리는 혼자서 태어나고 혼자서 죽는다.

송사리 떼가

개천을 누비고 있다.

개천에 자기 그림자를 만든다.

자기 그림자를 만들어 놓고

송사리 떼는 어디로 갔나

보자기만 한 그림자 하나가 이리저리

개천을 누비고 있다.

　　　　　　―「제36번 悲歌」 전문

　　　김춘수 시인의 말년의 시집 『쉰한 편의 비가(悲歌)』에
서 제가 가장 좋아하는 시는 36번입니다. 물론 더 설명할 것 없이
아름답고 좋은 시입니다.

　　　오늘은 아내를 대신해 제가 아이를 유치원에 데려다
주고 데려왔습니다. 아이는 교문가에서 호두반 친구들이 하나씩
나올 때마다 이름을 부르고 인사했고요, 저는 작은 화단이 있는 동
산에서 그 인사가 끝날 때까지 조용히 기다렸습니다. 엄마와 호두
반 아이들은 인사를 받아 주거나 다른 것에 정신이 팔려 지나가기

도 했습니다. 아무 일도 없는 듯이 보이는 일상이지만 그 엄마와 아이들은 지금 자신에게 가장 절박한 것을 하고 있는 중이고 그것은 저와 저의 아들도 마찬가지일 테지요.

그런데 지금 우리는 어떤 개천을 누비고 있는 중일까요? 또 정말 너무 작아서 없거나 거의 없다고 해도 무방할 '我(나)'라는 것은 무엇일까요? 지금 저에게 가장 절박한 질문은 바로 그것이고, 저는 김춘수 시인의 36번 비가에서 그 이상한 꼴의 슬픈 비밀 하나를 맛보았습니다.

혼자 태어나서 혼자 죽는 존재, 하지만 잠시 보자기 같은 그림자로 함께 떠다니는 존재. 제가 볼 땐 인간의 삶도 그것에서 멀리 떨어져 있지는 않은 것 같습니다. 하지만 자세히 들여다보면 볼수록 송사리 떼의 세계가 신기하지 않습니까. 우리 눈에는 너무 작아 보이지도 않는 아(我)라는 것 속에 모래알보다도 작은 욕망이라는 게 있고, 그 욕망 속에는 제가 사랑이라고 부르고 싶은 모래알보다도 더 작은 무엇인가가 들어 있는 게 보입니다.

시는 아름다운 것이고 실제 세계에서는 아무런 쓸모가 없기 때문에 더 아름답다는 말도 있지만 제 생각은 조금 다릅니다. 시는 인간에게 가장 절박한 것이고 꼭 있어야 할 정말 소중한 보물입니다.

수상 소감을 보내 달라는 전화를 받고 지하철 4호선 길음역에서 지하철에 올랐습니다. 누군가 의자도 없는 구석자리에서 신문 봉지를 몇 개씩 쌓아 두고 뭔가를 읽고 서 있었습니다. 무덥고 습한 여름인데 때가 낀 잠바를 입고 악취를 풍기며 봉두난발의 꼴로 사람들에게서 떨어져 혼자 멀찍이 서 있었습니다. 만 원짜리 한 장을 들고 슬금슬금 다가갔습니다. 그런데 그가 손사래를 치며 거절하는 것 아니겠습니까? 그의 행색은 거지였지만 그는 거지가 아니었습니다. 그 순간 그에게 가장 소중하고 절박한 것이 저에게도 그럴 것이라는 이상한 예감이 들었습니다.

오늘은 만 원짜리 한 장을 적선한다고 내민 손이 겸연쩍어지는 하루입니다. 제가 좋아서 하는 일에 뭔가가 물질적으로 생기기까지 하니 솔직히 즐거운 마음이지만 한편으로는 불안하고 또 한편으로는 부끄럽습니다. 잘하든 못하든 앞으로도 저에게 가장 절박하고 시급한 것을 하려고 애쓰겠습니다. 심사 위원 선생님께 감사드립니다.

재가 되지 않은 불

이름도 알 수 없는 간밤의 수많은 간이역들을 깨우고 달려온 목포
발 보통열차가 막 철교를 통과하여 용산역으로 들어가던 오늘 아침,

그보다 빠른 속도로 그 옆을 먼저 비켜 달려간 성북행 전철이 러
시아워대의 지하 서울로 기어들어 가던 오늘 아침,

그리고 신경질 나게 느린 속도로 사육신 묘지 앞을 지나 밀리고 밀

린 제1한강교로 들어서는 오늘 아침,

　나는 보았다 출근길 시내버스 속에서, 남자 여자 할 것 없이, 얼굴도 알 수 없는 사람들의 둔부와 치골이, 치골과 둔부가, 둔부와 둔부가, 치골과 치골이 서로 곤두서게, **빽빽**하게 맞닿은 사이에서

　나는 보았다

　제1한강철교 철제 아치 사이로 날아든 갈매기 한 마리

　를 나는 보았다 보았는데

　서울역, 갈월동, 남영동 미8군 본부 앞에서부터 노량진까지 차량이 밀려 있는

　인내와 순종과 관용과 무관심과 체념과 적응력의 이 긴 대열 속에서

　이 연체의 시간 속에서

　일천구백오십 년 북으로부터 남하하기 시작한 피난민들과

　일천구백육십일 년 남으로부터 북상했던 해병 제공공사단 병력들이

　내려가고 올라갔던 제1한강교, 철제 아치 위를 유유히 지나 동부이촌동과 반포아파트 쪽으로 가고 있는 갈매기 한 마리를

　보았는데, 나는 그것이

　꼭 그의 죽음의 자기 예고의 풍향과 관계가 있다고는 생각지 않았지만

　저도 먹고살려고 바둥대다 보니까 여기까지 왔겠지, 라고만 생각

했지만

그는 잘못 날아가고 있었다

그는 잘못 날아왔었다

그는 잘못 날아가고 있었다

그는 잘못 날아왔었다

아, 이렇게 정지된 순간에, 제1한강교에서 반포아파트 쪽으로 바라본 한강은

얼핏 보면 바다 같고

자세히 보면 사이비 바다다

장산곶, 백령도 용기포, 대청도, 장자도, 소연평도, 주문도, 교동도……

혹은 어청도, 궁시도, 흑도, 가덕도, 백아도, 선미도, 소야도, 장봉도……

혜화동 영세 출판사 사무실에 붙은 백만분지 일 우리나라 지도에서 나는 그의 海圖를 찾는다.

—황지우, 「제1한강교에 날아든 갈매기」 전문

　　황지우의 첫 시집이 세상에 나온 지 30년이 다 되어 간다. 그의 첫 시집이 아직도 읽히는 이유는 무엇인가. 나는 그의 첫 시집이 갖고 있는 첫 번째 미덕으로 악이나 잘못된 관념에 물들지 않으려는, 즉 자신에게마저도 속지 않으려는 그의 자세를 꼽

는다.

황지우를 한마디로 표현하자면 그는 공감의 시인이다. 그는 잘잘못을 따져 교정하려는 시인이 아니라 잘못된 것마저 품고 가려는 시인이다. 그것은 이해의 태도가 아니라 공감의 태도다. 하지만 품고 가되 그는 자기 자신에게도 속지 않으려 노력한다. 따라서 그의 시 속에서 그가 취하는 자세는 언제나 철저한 회의주의자의 자세이며 불안에 시달리는 자세이며 세계와 같이 아파하고 함께 무너지는 자세이다.

그런데 세계와 함께 무너질 때마다 그는 불덩어리로 타오르는 새의 형상을 자신에게서 발견한다. 그는 자신이 날지 못하는 무거운 존재라는 것을 안다. 그러나 그렇기 때문에 역설적으로 그는 새를 꿈꾸는 존재가 된다. 그는 무겁디무거운 자신의 몸(흙)과 넋(물)을 태워 대기 속으로 올려 보내는 불의 시인이 된다. 그 불은 새의 형상으로 타오른다. 그리고 그 새는 때로는 서풍 앞에서 괴로워하는 은사시나무의 떨림을 느끼는 존재로, 또 때로는 명부에 날개를 부딪치는 자신의 호명을 듣는 존재로, 혹은 물 위에 뜬 묵시의 꽃잎을 응시하는 존재로 그려진다.

하지만 정작 내가 자세히 읽고 싶은 시 속의 새는 위의 시들에 등장하는 무섭고도 감동적인 새가 아니라 다소 일상적인 체험을 다룬 「제1한강교에 날아든 갈매기」라는 시에 등장하는 새다. 이 시에 등장하는 새에 내가 주목하는 이유는 그의 시집이 나온 지

거의 30년이 다 되어 가도 여전히 우리 삶의 수위가 그 주위에서 정체하고 있기 때문이며, 우리를 구원해 줄 세상 밖이란 것은 없고 언제나 이 지독한 세상 안에서 우리 스스로가 해결해야만 할 문제들에 우리가 늘 직면하고 있기 때문이다. 그러나 역사 속에는 우리가 반드시 잊지 말아야 할 천형의 빚이 있음을 상기하기 위해서라도 앞서 언급한 새의 이미지를 다룬 세 편의 시도 같이 인용한다.

마른 가지로 자기 몸과 마음에 바람을 들이는 저 은사시나무는,
박해받는 순교자 같다. 그러나 다시 보면 저 은사시나무는, 박해받
고 싶어 하는 순교자 같다.
　―「西風 앞에서」 전문

나는 그 불 속에서 울부짖었다
살려 달라고
살고 싶다고
한 번만 용서해 달라고
불 속에서 죽지 못하고 나는 울었다
참을 수 없는 것
무릎 꿇을 수 없는 것
그런 것들을 나는
인정했다

나는 파드득 날개쳤다
冥府에 날개를 부딪치며 나를
호명하는 소리
가 들렸다 나는
무너지겠다고
약속했다
잿더미로 떨어지면서
잿더미 속에서
다시는 살(肉)로 태어나지 말자고
다시는 태어나지 말자고
부서지려는 질그릇으로
날개를 접으며 나는,
새벽 바다를 향해
날고 싶은 아침 나라로
머리를 눕혔다
日出을 몇 시간 앞둔 높은 窓을 향해
―「飛火하는 불새」 전문

그때 거기서 나는 웃었다
이름을 대고 나이와 직업을 대고
꽝 내리치는 주먹

떨어지는 국화 꽃잎 아래서
그때 거기서 나는 웃었다
컵의 물이 근엄한 近影에 뛰었다
쓰레기통에서 자기 그림자를
파먹는 미친 개 같애
나는 속으로 생각했다
默示의 물 우에 꽃잎 몇 개가
혓바닥처럼 떠 있었다
—「대답 없는 날들을 위하여 3」 전문

　　　위에서 인용한 아름답지만 참혹하고도 무서운 시 세
편 속의 체험은, 아무나 겪을 수 없고 또 겪었다 하더라도 쉽게 시
로 녹여 쓸 수도 없는 것들이다. 시인은 아픈 시절에는 누구보다
앞장서서 아프고 또 가장 늦게까지 아픈 존재다. 그의 시는 뼛속까
지 정치적이지만 그때의 정치는 사회적 맥락이 아니라 인간의 실
존적 맥락과 관련된 정치다. 그가 박해받는 순교자가 아니라 박해
받고 싶어 하는 순교자로서 괴로워하고 있는 은사시나무의 존재감
을 느끼거나 명부나 묵시의 세계를 절절하게 응시하고 있을 때 나
는 그의 고통이 느껴져 괴롭고도 아프다. 그 역시 세상에 감응하고
있지만 그의 시를 읽는 우리 역시 그의 시에 감응하기 때문이다.
그의 시를 읽고 있으면 우리도 그 사건의 현장에 같이 있는 것만 같

다. 따라서 그의 시를 읽고 있으면 불편해지고 불안해지고 심지어는 통증마저 느끼는 것이다. 그런데도 그 이상한 감각과 감정들이 황홀하게 우리를 사로잡는다.

그러면 이제 당대에 꼭 다시 읽었으면 하는 시, 「제1한강교에 날아든 갈매기」를 읽고 잘못 달려온 것만 같은 세상, 답답하고 꽉 막힌 이 세상 안에서 재가 아니라 여전히 불(새)로 존재하고 있는 우리 자신을 발견해 보자.

하지만 아무리 다시 읽어도 황지우 식의 역설로 받아들이자면, 제1한강교에 잘못 날아든 갈매기는 잘못 날아든 갈매기가 아니다. 그 갈매기는 우리가 잘못 살고 있다고 교정하러 온 것이 아니다. 강에 터를 잡은 갈매기는 바다를 잊은 존재이고 죽음의 자기 예고편일 뿐인, 시간의 희생자다. 그러나 강에 잘못 터 잡은 갈매기는 역설적으로 잊혀진 바다의 꿈이자 그 꿈의 물질적 현현이다. 지도 위에 찍힌 가짜 빌딩과 다리들 그리고 가짜 강과 바다들, 그 위 어디쯤에 우리가 존재하고 있는가. 그런데 그 존재감은 또 얼마나 작고 불안한 것인가.

이런 작고 불안한 황홀경 속에서 시인은 지금 무상함을 느끼고 있을까, 혹은 이 세상에 잘못 점 찍혔다고 후회하고 있을까. 우리는 시인이 「제1한강교에 날아든 갈매기」라는 시에서 불규칙적으로 쉼표를 찍어 나가다가 마지막에 단 한 번 무엇인가 명확하다는 듯이 마침표를 찍는 행위에서 그 해답의 실마리를 찾을 수 있다. 이 시에 단 한 번 등장하는 마침표는, 사람과 사람 사이의 관계 맺음에서 행해지는 허위와 거짓조차도 부정하지 않고, 껴안아 불쌍히 여기려는 황지우 특유의 어른스러운 자세일 것이다. 그의 그런 자세를 사랑이라 불러야 할지 자비심이라 불러야 할지는 잘 모르겠지만 이 시가 쓰인 지 30년이 다 된 지금이나 그때나 우리가 살고 있는 이 세상은 여전히 사이비 바다 같은 강에 불과하다 해도 그 사이비의 세상은 뼛속 깊이 실존적이다.

사랑, 타오르는 물

1. 악몽의 흔적(1997-2004)

　　꿈을 꾸다 깨어나 문득, 삶이 허망하다는 것을 깨닫는 이는 현자이지 시인은 아니다. 시인은 꿈과 생시를 차별하지 않는다. 그것은 꿈이 현실의 거울이고 현실이 곧 꿈의 거울임을 알기 때문이다. 꿈에서 죽은 어머니가 현실에서는 살아 있다 해도 꿈속의 슬픔은 현실에서도 사라지지 않는다. 어머니는 아들의 인생에서 여러 번 죽음을 반복한다. 인간은 단 한 번 죽는 것이 아니다. 박남철의『제1분』을 읽고 나는 이상한 꿈을 몇 번이나 꾸었다. 어머니가 동생이 죽었다는 사실을 나에게 감추고 있다는 것을 알게 되어 통곡하면서 깨어났는데 눈물 흘린 흔적이 전혀 없어 오히려 놀랐던 꿈이며, 세탁실의 빈 그릇에 저절로 물이 생겨나고, 한번 본 적도 없는 죽은 친척 아이에게 신발을 뺏기는 꿈을 꾸기도 했다.

　　　　　나도 시인의 시집을 들여다보다 조금은 병이 났었나 보다. 훌훌 털어 버리고 일어나는 몸의 병과는 달리 삶은 본래부터 근본적인 치유가 불가능한 병일지도 모르겠다. 그러나 몸의 병조차 깨끗하게 나아도 그 흔적은 남지 않던가. 한번 앓고 난 사람은 그전과는 같은 사람이 아니다. 즉『제1분』을 쓰고 난 뒤의 사람은 그것을 쓰기 전과 같은 사람이 아니며 될 수도 없다. 또한『제1분』을 읽고 난 뒤의 사람 역시 그것을 읽기 전과 같은 사람이 아니다. 나는 이번 시집을 읽는 내내 몸이 무거웠고 아팠으며 따라서 이것을 감상문으로 옮기는 것이 즐겁지만은 않다. 그러나 결코 나는 내 꿈의 그릇이 깨끗하게 비워지길 바라지 않는다. 이것이 굳이 이 미진한 글을 쓰는 이유일 것이다.

　　　　　첫 번째 시를 읽으면서부터 나는 이 시집이 결코 호락호락한 시집이 아니라고 느꼈다.「교감」의 "잘생긴 개"는 어떻게 생긴 개일까? 박남철 시인은 그 개를 이시영 시인의 전 인격(서원)으로, 지상과 바다의 신성성을 지키고 있는 상징 동물로, 마치 사자의 모습으로 상상하고 있다. 그리고 그 느낌에다 '교감'이라는 제목을 붙였다. 그러나 나는 도무지 이시영 시인의 시를 읽고서 그 "잘생긴 개"를 그려 낼 수가 없었다. 그 "잘생긴 개"는 도대체 어떻게 생겼기에 잘생겼다고 하는 것일까? 나는 이 구절마저 해결하지 못해 쩔쩔매면서도 무한한 오해 속에서 "오늘 밤 지상에는 유난히 큰 별들이 긋고/ 바다 밑 또한 오랜만에 파도를 재우고 환한 잠이 들겠지"라는 마지막 구절을 반복해서 들여다본다. 결국 박남철 시인이 말한 '외경'의 마음 없이는 교감도 없음을 절감하며 절절한 느낌만을 새긴다.

　　두 번째 시 「목련이 피기 시작했었지」를 읽고서는 "했었지"라는 말이 목구멍에 가시처럼 박혔다. 세상과 자신을 있는 그대로 슬프게 풍자하는 시인의 시를 읽고 있으면 목구멍에 박힌 가시를 뽑아내서 가만히 살펴볼 때의 기분이 든다. 자신의 인생을 돌아보면서 꽃이라고 말할 수 있는 사람은 몇이나 될까. 그런데 그 꽃이 필 때 아프다는 사실을 아는 사람은 몇이나 될까. "남철이에게는 연락하지 마라, / 와서 난동을 부릴지도 모르니까"라는 말을 듣고도 굳이 큰어머니의 상가로 가는 시인의 '참여'와 참여하고 싶어도 진정으로 '참여'할 수 없는 사람들과의 거리감에서 피어나기 시작한 목련은 비유가 아닌 실재의 괴로운 꽃이다. "우리 큰어머님의 돌아가심을/ 진심으로 슬퍼하나이다, / 시인 박남철"이란 「弔—화환」에서 "돌아가심을/ 진심으로 슬퍼하나이다"라는 구절에 몇 번이고 다시 눈이 가는 이유도 그 때문일 것이다.

이렇게 시집을 펼쳐 읽어 나가다가, 「부활 2제」를 펼쳐 놓고서는 청산가리(화학 실험실용 약품) 용기를 낯설게 만들어 놓는 그의 거리두기에 잠시 복통을 느꼈다. 약 때문에 팬티에 방분하고 아내가 죽었는지 살았는지 확인하기 위해 자신의 발을 만지는 순간, 시인은 그 말로는 쉽게 풀어낼 수도 없는 그 난망한 순간에 겪은 감정들을 결코 부정하지 않는다. 오히려 그 난망한 순간들을 하나도 빼지 않고 관찰한 후에 그 안에서 이상한 노래를 부른다. 낭만성이 사라진 세계, 혹은 비유가 들어설 자리도 없는 막막한 세계는 얼마나 끔찍한가. 그런 세계에서 시인은 스스로를 희생하여 자신의 삶이 비유가 되게 한다. 시인은 음악을 틀어 놓고 감상에 빠지는 자가 아니라 오히려 자신의 죄를 떠올리는 자이며 스스로 음악이 되려는 자이다. 그러므로 정태춘의 「북한강에서」를 아무렇지도 않게 들을 수 있는 사람은 행복한 사람이다.

당신이나, 그 인간이나, '국회의원 떨어져서 뒈져 버리려고 한다!'는 그 인간이나—당신 주변에는, 사실상, 그런 인간이 존재하지도 않는다!—"결코 죽을 용기도 없는 자들"이며, 평생을, "죽을 각오로 그 무엇을 해 볼 수도, 도저히 없는 자들"이라는 것이며, 남을 괴롭히지도 못하고, 겨우 귀찮게나 할 수 있는 자들일 뿐이라는 것이다!
—「부활 2제」 부분

　　　　자신을 비방하는 사람들을 향해 '악담'이 아니라 '자비'의 마음을 내거나 화자 자신을 향한 '각오'로 바꿀 수 있는 힘은 대책 없는 시간들을 살아 낸 바닥에 떨어진 자의 절망에서 비롯된 것일 게다. 그러므로 그런 순간에 문득 버린 시가 되돌아와 자신이 사랑을 갈망하는 존재임을 알려 주는 기적은 사사로운 감상이 아닐 것이다.

　　사랑을 해 보고 싶었습니다

　　사랑을 해 보았습니다
　　사랑이 깊어졌습니다
　　사랑이 더 깊어졌습니다
　　사랑이 더욱 깊어졌습니다
　　사랑이 그만 미움이 되었습니다

　　사랑이 미워졌습니다
　　사랑이 더 미워졌습니다
　　사랑이 더욱 미워졌습니다

에라 사랑을 찢어 버렸습니다
사랑은 찌지직 소리를 내며 찢어져 버렸습니다

사랑이 흘렀습니다

사랑이 다시 그리워지기 시작했습니다
사랑이 더욱 그리워졌습니다
사랑을 다시 찾아보았습니다만

사랑은 바다로 흘러가 버리고 없었습니다
一「사랑은 바다로 흘러가 버리고 없었습니다」전문

2. 새로운 시작(2005-2007)

　　　　이 시집에서 가장 아름다운 시로 읽히는, 「우리 貞愛 누님을 위한, 박남철 자술 연보: 유년 시절분」으로 2부를 시작한 것은 우연이 아닐 것이다. 배다른 누나, '정애 누님'의 죽음은 한 사람을 시인으로 탈바꿈하게 한 일생일대의 사건이다. 시인이 자신의 비밀을 낱낱이 밝혀 하나의 이야기 혹은 하나의 비유가 되게 하는 이유는 무엇일까. 깨닫고자 하는 자는 자신의 전생과 현생과

후생을 낱낱이 살펴 자유로워지려 하지만 시인은 지독하게 현생만을 들여다보며 그 안에서 더 얽매이고 뒤엉켜 괴로워하는 자이다. 그렇게 본다면 보들레르의 '이곳만 아니라면 그 어디라도'는 지독한 역설이다. 그리고 박남철 시인에게 역시 이곳은 저곳이 없는 대책 없는 이곳이다. 즉 어머니 정선례 씨와 박남철 씨가 함께 찍은 사진이나 그가 호명하는 과거의 사람들이나 지명들은 이제 원환적 세계의 닫힌 고리들이며 원형상징에 가까운 것들이다.

일찌감치 시인은 이 세계가 허깨비라는 것을 알고 있다. 그러나 허깨비도 생로병사와 희로애락을 겪는 데에는 어쩔 도리가 없는 것이다. 어머니와 함께 '생금부리'라는 곳으로 아버지를 찾아 수십 리 산길을 가는 이야기며 그곳에서 1년 동안 살면서 겪은 일들과 숯가마와 통나무 케이블의 굉음, 기생집 여자의 향기, 그리고 그 젊은 여자가 키우던 까마귀는 박남철 시인에게 원환적 세계의 일부가 된 것이다. 그러나 갇힌 세계 안에서도 시인은 꿈을 꾸어 그곳에 깊이와 풍요로움을 가져다주는 자이다. 박남철 시인처럼 타 버린 '숯'을 바라보면서 불을 꿈꾸는 자가 시인이다.

"나의 발은 대지를 떠났다. 나의 손은 모든 손에서, 나의 감각은 외부의 모든 사물에서, 또 나의 영혼은 나의 감각에서…… 벗어났다. 더 이상 한 인간은 존재하지 않는다. 하나의 움직임, 하나의 근원이 있을 뿐이다. 나는 탄생이 고통스럽다. 나라는 것은 말소된다. 눈을 감으면 나의 외부에는 아무것도 없다. 외

부에 있는 것은 바로 나다"라는 클로델의 말처럼 박남철이 말소되
고 시인 박남철이 탄생하는 그러한 순간은 경이롭기까지 하다. 시
간의 질서에서 해방된 창조의 순간이 이 시 속에는 있다.

나무는
얼마나 타는 것일까

하나의 불이 켜져
피어오른 불꽃이 되고
타오르는 사랑처럼
그렇게 너울거릴 때
나무로 타는 내 손가락과
거울로써 피어오르는 그대
젖가슴까지 전해지는
조그만 사랑이라도
저며 아린 아픔으로 찾다가
숯이 되는 것일까

검붉은 불꽃을 한 모금 안고

나무는 얼마나 타는 것일까

얼마나 타고 나면
숯이 되는 것일까.
　—「숯—재곤이의 '숯'을 보고」 전문

　　　　후자(정애) 누님이 타고 나서 된 숯, 겨울 강에 던진 돌들의 그 쩡 쩡 쩡 울리는 충만한 소리들은, (시인이 이 시를 쓰며 듣고 있는) 관세음의 진언보다 더 우리를 꿈꾸게 하는 것들이다. 우리 같은 범인들에게 필요한 것은 사실 진리의 말이 아니라 그 진리의 말에 따라붙는 그 이상한 리듬과 주술성이다. 이 시집의 2부는 그러한 음악들로 가득하다.

　　　　그러므로 시인의 시집에서 우리가 바라는 것은 결국 『금강경』의 진리도 아니요, 시인의 뼈아픈 반성도 아니다. 오히려 우리는 「공무도하가」와 엘리엇의 수사(水死)를 박남철 식으로 번역할 때의 그 이상한 리듬이나 시집에 실린 사진들이 자아내는 이상한 주술성에서 더 오래 머뭇거리게 된다. 악기는 연주를 하지 스스로 해설은 하지 않는 법이다. 박남철 시인의 시는 그 자체로 악기이며 그것의 음악일 때 가장 아름답고 새롭다.

3. 제1분(2008-)

"들려온다, 어머님의 한숨 소리……// "이 벌[蜂]이 같으므 이 꿀을 어떻게 따묵고 사노……""(「들려온다」). "들려온다"라는 말이 이렇게 슬픈 줄은 이 시를 읽고 처음 알았다.『금강경』의 말씀보다도 장사익의 「타박네」라는 구전가요가 더 우리의 가슴을 울리듯, 그렇게 시는 우리에게 온다.

'나는 스스로 있는 자이다!'보다 '나물 날 곳에는 잎새부터 난다'가 더 빛이 난다. 그러나 한쪽만이 존재한다면 우리는 그 빛을 몰랐을 것이다. 그리하여 이와 같이 나는 들었다. 죽은 어머니가 웃으시면서 이렇게 말씀하셨다. "철아, 이 새집에서부터는 제발 방을 좀 깔끔하게/ 청소를 좀 하면서 살아 보도록 하거라!" 죽은 어머니의 얼굴에서 부처의 얼굴을 보는 것이 이상한 일인가. 생시에 순순히, 선선히, 마치 착한 아들처럼 바로 대답을 올려 드릴 수 있었다면『금강경』도 한낱 불쏘시개에 지나지 않을지도 모르겠다.

실험적 시인 박남철과, 서정적 시인 박남철이 힘겹게 싸우고 있는 이번 시집을 어떻게 정의하는 게 좋을까. 색즉시공 공즉시색의 새로운 번안이라고 할 수도 있고, 미와 윤리와 진리를 놓고 벌이는 한 인간의 절박한 운명을 서사시 형식으로 풀어놓았다고 말해도 상관없을 것이다. 아무러면 어떤가. 좋은 시집을 읽었을 때의 행복한 불행이 내 안에 충만한 것으로 그만일지도 모르겠다. 마지막으로 그의 시적 소외의 운명은 박남철에게는 불행한 것이지만 시인 박남철에게는 행복한 것일지도 모르겠다는 이상한 위로의 말로 이 미진한 감상문의 끝을 맺는다.

허공의 얼굴

1. 허공의 이원

　　'허공'의 뜻을 사전에서 찾아보면 '1. 텅 빈 공중, 2. 다른 것을 막지 아니하고, 또한 다른 것에 의하여 막히지도 아니하며, 사물과 마음의 모든 법을 받아들이는 공간, 3. 아무것도 없는 세계. 모양도 빛도, 아무런 사량(思量)도 없는 무위(無爲), 무루(無漏)의 세계' 등의 의미로 풀이된다. 내가 허공의 뜻풀이로 이 글을 시작하는 이유는 이원의 세 번째 시집, 『세상에서 가장 가벼운 오토바이』에 와서 가끔 등장하던 '허공'이라는 어휘가 최근의 작품에서는 가장 빈번히 쓰이는 어휘가 되었기 때문이다.

세 번째 시집까지 이원을 사로잡고 있던 주된 어휘는 사실 '허공'보다는 '공기'와 '거울'이었다. 그런데 왜 갑자기 '공기'나 '거울'의 자리를 '허공'이 차지하게 되었을까. 그 수수께끼를 풀려면 꽤 멀리 돌아 이원의 등단작을 재독할 필요가 있다.

검은, 비닐봉지 하나, 길바닥을 굴러다닌다 계속해
서 시간은, 길보다 먼저 다리를 뻗는다, 검은 비닐
봉지, 이번에는 계단이 있는 곳까지, 굴러가더니 멈
춘다 잠시 따갑게, 부스럭거린다 시간은 다리를, 양
옆으로 길을 벌리며 간다, 가다 간판, 밑에서 멈춘다
무방비 상태로 옷의 앞을 모두, 풀어놓은 채 시간은
계속되고, 있다며 비닐봉지, 검은 쓰레기가 있는 곳
으로 굴러 들어간다, 한참 나오질 않더니, 검은, 그림
자를 흔들며 헤집으며, 나무 밑에 멈춰 있다, 그곳에
서 시간과, 비닐봉지가 같은 색으로 만난다, 나무에
등을, 기댄 시간의 한쪽 다리가 무릎에서, 잘려 있다

뒤를 보니 나무의, 중간쯤에 다리를 접어 올리고, 있
다 비닐봉지는 여전히, 나무 밑에 머물러 있고 몸을
앞으로, 숙인 시간은 무엇인가를 뒤로, 껴안고 있다
　　　　—「시간과 비닐봉지」 전문

　　　　상당히 난해한 시다. 성급히 풀이를 하면 몇 번이고
그 뜻이 막힌다. 그렇다면 차라리 그 의미를 찾기보다는 그 형식
을 따져 보는 편이 낫다. 일상의 평범한 구문들이 낱낱이 해체되어
있는 시다. 그런데 쉼표의 특이한 활용과 병치된 문장의 힘을 빌
려 활력을 얻고 있다. 그것은 가령 검은 비닐봉지의 예만 들더라
도 쉽게 알 수 있다. 이 시에서 평범한 구문인 검은 비닐봉지는 "검
은, 비닐봉지"로 출발하여 "검은 비닐봉지,"가 되고 다시 "비닐봉
지, 검은"이 되었다가 급기야 '비닐봉지'와 '검은'마저 해체되어 따
로 논다. 이원의 시는 위의 경우에서도 알 수 있듯이 언어 해부의
시라고 할 수 있다. '비닐봉지'와 '검은'이 해부된 그곳에서 시간과
길 또는 나무가 수평과 수직으로 병치되어 꽤나 특이한 시공의 감
각 혹은 부감과 양감을 만들어 낸다. 그리고 그 부감과 양감을 밀
고 나가 마지막 문장에서는 그로테스크한 장면을 연출해 낸다. 그
것은 구상화처럼 보이지만 사실은 특이한 추상화다. 어찌 됐든 이
원은 언어(공간과 시간)를 해체 또는 해부하여 재조립하는 특이 성
향의 시인이다.

따라서 이원에게 공간과 시간에 관한 어휘들은 그녀 시의 가장 중요한 오브제다. 오브제들 중에서도 공기와 거울 혹은 허공은 공간과 시간과 관련된 가장 중요한 어휘들이다. 이원에게 공기나 거울 혹은 허공은 일반적인 의미의 비어 있는 어떤 공간(혹은 시간)이 아니다. 이원에게 허공은 실은 밀도가 상당히 높은 허공이며 그로테스크한 것이며 불가해한 것이다. 그 형상들을 신작시에 나타난 것들만으로 나누어 보면, 우선 밀도가 높은 것들로 "택시들은 어둠을 밀어낸 자리에서 다시 어둠이 된다"나 "여자의 몸은 빡빡한 허공을 뚫고 가파르게 떨어진다", "거울에서 이미 빠져나온,/ 허공에도 의외로 묻힌 게 많군"이나 "허공을 혼자 딛고 있는 것/ 두렵기도 한 거야?"와 같은 이미지들이 있다. 둘째로는 그로테스크한 이미지들로 "허공이 여자의 머리를 낚아챈다"나 "허공에는 감춰 둔 뼈들이 덜그덕거렸다"나 "허공이 깊어져요/ 허공을 다니는 것들에서/ 땅속 냄새가 나요"와 같은 이미지들이 있다. 셋째로는 불가해한 것들로 "창, 닿지 않을 때까지"나 "안, 떨어질 곳이 없을 때까지" "비어 있는 곳에는 보이지 않는 것들이 가득했다/ 허공의 높이가 다 달랐다"의 이미지들이 있다.

　　이런 허공의 연원을 거슬러 올라가다 보면 우리는 이상을 만날 수 있다. 이상이 거울(공기)과 허공의 시인이라면 이원 역시 거울(공기)과 허공의 시인이다. 이원은 어떤 의미에서 보면 이상의 현대판이다. 게다가 해독이 잘 안 된다. 왜? 해독이 잘 안

되는 언어 놀이를 하는 시인들이기 때문이다. 또한 둘 다 자폐적 성
향의 언어 감각을 갖고 있다. 그렇다면 이원의 시에 접근하는 단서
를 찾기 위해 이상의 시에 쓰인 허공을 잠시 만나 보자.

때문은빨래조각이한뭉텅이空中으로날라떨어진다. 그것은흰비둘
기의 떼다. 이손바닥만한한조각하늘저편에戰爭이끝나고平和가왔다
는宣傳이다. 한무더기비둘기의떼가깃에묻은때를씻는다. 이손바닥
만한하늘이편에방망이로흰비둘기의떼를때려죽이는不潔한戰爭이始
作된다. 空氣에숯검정이가지저분하게묻으면흰비둘기의떼는또한번
이손바닥만한하늘저편으로날아간다.
　　　―「詩第十二號」 전문

　　　이원의 시 「시간과 비닐봉지」에서 우리가 만났던 공
기(허공)가 여기서는 '흰 비둘기'와 '숯검정이'의 공기(허공)로 재조
립되고 있다. '빨래 조각'은 '흰 비둘기의 떼'가 되고 '흰 비둘기'를
때려죽이려고 휘두른 '방망이'는 '흰 비둘기 떼'는 못 잡고 '공기'에
'숯검정이'만 지저분하게 묻힌다. 이것은 언어로만 그려 낼 수 있는
일종의 특이 감각이다. 이런 특이 감각은 이원에게 와서 더욱 발전
하여 '시간은 잘린 한쪽 다리로 나무에 등을 기대고 몸을 앞으로 숙
인 채로, 뒤로 무엇인가를 껴안는' 그로테스크한 장면을 연출하는
데까지 나아간다. 그렇다면 이제 한발 더 나아가 이상의 시 중에서

두 편의 시와 이원의 신작시들을 같이 놓고 읽어 보자.

꽃이보이지않는다. 꽃이香기롭다. 香氣가滿開한다. 나는거기墓
穴을판다. 墓穴도보이지않는다. 보이지않는墓穴속에나는들어앉
는다. 나는눕는다. 또꽃이香기롭다. 꽃은보이지않는다. 香氣가滿
開한다. 나는잊어버리고再처거기墓穴을판다. 墓穴은보이지않는다.
보이지않는墓穴로나는꽃을깜빡잊어버리고들어간다. 나는정말눕는
다. 아아. 꽃이또香기롭다. 보이지도않는꽃이─보이지도않는꽃이.
　　─「絶望」 전문

벌판한복판에 꽃나무하나가있소. 近處에는 꽃나무가하나도없소
꽃나무는제가생각하는 꽃나무를 熱心으로생각하는 것처럼 熱心으
로 꽃을피워가지고 섰소 꽃나무는 제가생각하는꽃나무에게갈수없
소 나는 막달아났소한꽃나무를爲하여 그러는것처럼 나는참그런이
상스러운흉내를내었소.　　　　　　　　　　　─「꽃나무」 전문

　　「절망」과 「꽃나무」, 이상의 이 시 두 편은 이번 이원
의 시 세계와 신작시들에 접근할 수 있는 일종의 흥미로운 알레고
리다. 이상이 그려 낸 꽃과 꽃나무는 한국 서정시의 폭을 넓혀 놓
았다. 이상은 시에서 중요한 것이 내용이 아니라 형식이라는 것을
알려 주었다. 이원 역시 마찬가지다. 이원이 서정의 한계를 실험

하는 이유도 거기에 있다. 이번 신작시들 중에서 그런 면을 특별히 부각하고 있는, 가장 선언적인 시 한 편을 보자.

어디로 뻗어 나가는지 모르는 길이 하나 있고
길옆으로 얼마나 깊을지 모르는 강이 하나 있고
길과 길 밖 사이
틈으로부터 겨우 빠져나온 발이 하나 있다

자 이제 발은 어떻게 해야겠습니까?
—「245mm」 전문

이원에게 길이나 강의 의미를 묻는다면 그것은 이상에게 꽃(꽃나무)과 묘혈의 의미를 묻는 것과 같다. 그러나 다행히 이원은 이상과는 달리 길과 길 밖 사이의 틈을 겨우 빠져나온 발 하나를 갖고 있다. 그녀 시의 틈으로부터 겨우 빠져나온, 독자에게도 보이는 발이 하나는 있는 셈이다. 따라서 "자 이제 발은 어떻게 해야겠습니까"라는 질문은 질문이 아니라 나 같은 독자에게는 현상학적인 선언으로 읽힌다. 막막한 세계(허공)를 딛고 있는 245mm는 이제 조만간 시인에 의해 해부되고 해체되어 우리에게 불가해하고 그로테스크하게 던져질 것이다. 그리고 그 이상한 조각상의 파편들을 우리는 미리 「심야택시」 「목소리들」 「X-레이」 「새들의 말」

에서 맛볼 행운을 얻었다.

2. 몽타주 이원

        이 글의 1부에서 궁여지책으로 이상을 끌어들였지만
사실 나는 그녀의 시를 읽어 낼 믿을 만한 마법 지팡이가 없음을 고
백해야겠다. 그렇다면 2부에서는 차라리 지팡이 없이 내 마음 가
는 대로 그녀의 시를 읽어 보는 건 어떨까. 이 글은 이원에 관한 거
의 자동기술에 가까운 고백이 될 것이다.
        그녀의 시는 이상하게도 세계에 대한 공격성이 없다.
단지 놀이에 매혹되어 있다. 또한 그녀의 시에는 유년 시절이 비어
있다. 그런데 현대시에서는 이런 결핍은 미덕이다. 전형화된 인격
은 현대시의 독이다. 그러나 한편으로 그녀의 시는 '악'에 대한 분
노로 가득하다. 그녀에게 '악'이란 부패와 죽음 혹은 어둡고 축축
한 것이다. 그녀의 시는 실험이다. 세계(시간과 공간)라는 톱니바
퀴는 그녀의 연장 앞에 낱낱이 분해되었다. 그녀는 세계의 기능을
충분히 이해했고 그 속을 충분히 들여다보았다. 그러나 아이러니
하게도 그동안 시간이 멈추고 말았다. 시간이 멈추자 그림이 보이
고 그 그림은 무대와 존재들과 공간을 재배치하게 만들었다. 그녀
의 모든 시는 마치 한 편의 장시처럼 읽힌다. 그녀의 시는 시공간

의 새로운 몽타주다. 멈춰 버린 시간을 표현하려고 하자 공간이 무한대로 늘어나 버린 셈이다.

그녀는 청각이 아니라 시각의 시인이다. 유성이 아니라 무성의 시인이다. 그녀의 발은 허공에 있다. 그러나 그녀에게 허공은 비어 있는 곳이 아니다. 그곳은 피와 뼈의 얽힘이며, 불가항력의 방향이며, 삶과 죽음을 끊임없이 해체하는 장소다. 쉼 없이 길을 만드는 시간과 공간은 이 얼마나 근사한 명령들인가.

그녀의 시에는 지우려고 해도 지울 수 없는 강한 인상들이 있다. 열정들, 새로운 것에 대한, 개성에 대한. 따라서 그녀의 시는 언제나 진행형이다. 그녀의 서사들은 타인의 죽음 속에서 방황하고 있다. 그녀가 친밀한 사람들 사이를 쫓아가면 그들은 곧 미지로 사라져 버린다. 불편한 것들, 성가신 것들, 관습들, 불길한 것만을 남긴 채 삶은 복잡한 것의 총체로 던져진다. 그녀의 그로테스크하고 불가해한 몽타주, 따라서 그녀는 그녀의 눈에 비친 대상들의 명암이나 외형을 묘사하지만 그 대상들은 형태가 아니라 이상한 열정이나 어두움 혹은 무서운 미지의 세계를 묘사한 것이 된다. 그녀에게 대상들은 단순한 물체가 아니라 무언의 감각들이다. 이런 관계들의 혼란을 풀기 위해 그녀는 항상 바쁘다. 체스판 위에서 모두가 문제를 풀기 위해 골몰하고 있을 때, 그녀는 체스판과 문제를 푸는 사람들과 그것을 보고 있는 자신마저 동시에 해체하고 재조립하는, 그 이상한 부감과 양감의 몽타주에 홀린다.

그녀는 미신을 얼마나 갖고 있는가, 흰색을 두려워하고 있는가, 생활 속에서 벌어지는 사소한 일상들이 그녀에게는 얼마나 신비로울까. 나는 그런 것들이 궁금하다. 나는 그녀의 시에 걸려들었다. 그녀는 항아리를 부수어 재조립하고 있고 나는 그 파괴와 재형상화의 욕망을 피할 수 없다. 그래서 그녀의 시를 읽는다는 것은 그녀와의 싸움이 아니라 내 욕망과의 싸움이고 내 망상과의 싸움이 된다.

그녀의 시는 재구성된 인생이다. 현실과 환상의 경계선이 무너진다. 그런데 그녀는 이런 시의 이해받지 못할 개성을 대중에게도 돌려주어야 마땅하다고 여기는 모양이다. 그녀의 시는 죽음의 모험이다. 그러나 죽음은 거동이 불편하다. 그녀는 관객도 고려해야 하지만 배우들도 고려해야 한다. 이중의 곤경이다. 분장을 하지 않은 얼굴과 자연스런 표현력을 갖춘 표정이 죽음의 역할을 대행한다. 그녀는 죽음의 역할에 관한 한 전문 배우가 아니라 아마추어들을 원한다. 죽음뿐만 아니라 평범한 일상조차 그녀의 시의 전경에 놓이자 전혀 다른 의미를 갖게 된다.

그런데 그녀의 세계관은 생각보다 깊이 이야기의 전통과 결부되어 있다. 이런 면에서 그녀의 시는 오락적이면서도 교훈적이다. 이야기들은 그녀의 인생처럼 특이하게 해체되고 재조립되어 있다. 이야기들이 그녀에게 녹을 것인가, 아니면 그녀가 이야기에 녹을 것인가가 궁금하다. 그녀의 개성은 어디에서 오는가?

나는 시라는 창을 통해 그녀의 방을 들여다본다. 목소리, 빛, 관계에 대한 결핍과 열정, 좌변기, 아버지와 없는 오빠, 허공 그리고 다시 무한한 반복. 따라서 영원히 새롭게 반복되는 강과 길은 그녀에게는 같은 것이다. 그녀에게 벽은 길의 끝이 아니다. 벽을 만나면 강은 방향을 바꾼다. 길 역시 그렇다. 그것이 아마도 미래에 대한 그녀의 전망일 것이다. 따라서 그녀의 시에 아버지와 어머니가 어디에 있는지, 왜 유년 시절의 기억을 시에다 고백하지 않는지 묻는 것은 부질없는 일이다. 그녀에게는 미래가 과거다.

이제 나는 겨우 그녀의 오른손 안에 든 것을 읽었다. 그렇지만 그 이유 때문에 그녀의 왼손에 든 것은 영원히 읽을 수 없게 되어 버렸다. 그것은 마치 그녀의 시를 읽는 동안에는 내가 그녀의 존재를 볼 수 없는 것과 비슷한 현상이다. 그녀 덕분에 나는 밤과 낮이라는 것이 무엇인가로 꽉 차 있는 허공이라는 것을 알게 되었다.

아무튼지 그녀의 시를 읽는 데 있어 나는 지금도 태어난 지 얼마 안 된 어린애에 지나지 않는다. 어린애는 허공을 갖고 노는 데 있어 천재다. 그 빈 손가락에 세상의 모든 것들이 쥐였다 놓였다 한다. 그리고 "가장 가벼운"이라는 구문을 자주 사용하는 그녀를 상상하고 있으면 그녀도 역시 나처럼 어린애라는 생각이 든다.

고아의 자유

겨울 가뭄에 시궁도 마르고
동산 꼭대기에서 재들이 펄펄 날아다니는데
저 왜가리 백로는 왜 떠나지 않을까
여기 흘러온 자들은 서로를 멸시하여 웃음을 주고받곤
버스를 타고 야시장으로 간다

문상 온 사람들이 명절날 아침처럼 낯설어할 때
모처럼 모인 형제들은 싸운다
살인이 있었고
한 여자가 아기를 안고 강물 아래로 몸을 던졌다
동산 꼭대기에서 연기가 피어오른다

사계절이 사라졌고
오래된 성곽과 망루의 보수공사는 끝나지 않는다
사랑한다고 말한 것뿐인데 고양이는 내 뺨을 할퀴었다
흉터를 방지하는 연고를 바르며 이놈을 어찌할까 골몰한다

전철을 타 보지 않은 아이들은 소년이 되기 전에 스쿠터 뒤에 소
녀들을 싣고
제 삼촌뻘 되는 이들에게 배달 다닌다
명절에 이들은 한복을 차려입고 쟁반을 들고 급히 움직이느라
버스를 들이받고 강둑으로 튕겨 오른다

그러나 이 모든 사소한 사건은 지역신문에도 실리지 않고
문풍지 없는 미닫이문 앞에서 라면 박스를 안고 웃는 의회 정치
인 얼굴만 찍혀 있을 뿐

다만 나는 밤을 치던 칼로 신문지를 찍는다
담배 가게 아저씨가 죽은 딸을 쉬쉬하듯
나는 고양이를 안고 동산에 오른다
다리를 푹 꺾고 머리를 휙 젖혀 팔을 벌린다
소리 지른다 다 죽여 버릴 거야

거대한 새 한 마리 비로소 어디든 가겠다는 듯
내 가슴에서 튀어 올라 목덜미를 쪼아 대는데
내가 푸드덕거린들 들쥐들과 고양이들에게 공평할 것인가
뚝뚝 떨어지는 이 침은 누구 아가리에서 나왔나

나는 잔디를 보고
바람을 받고
흔들리는 나뭇가지들 사이로 달빛을 쬔다
망루에서 불길이 치솟아 오르는 걸 본다
아름다워
나는 고향의 고양이들과 떠돌이 개와 납작 엎드려 지켜보고만 있다
—「고향의 난민」전문

  누구라도 그렇지만 특히 시 쓰는 사람은 자신의 양심
을 믿어서는 안 된다. 양심은 남을 속이고 자신을 속인다. 그래서

시 쓰는 사람에게 양심은 고백의 대상이 아니라 투쟁의 대상이어야만 한다. 시 쓰는 사람은 매번 양심에 진다. 시는 번번이 질 수 밖에 없는 패를 들고 양심에게 덤벼든다. 그런데 정작 승리의 이득을 챙겨 가는 쪽은 양심이 아니라 시와 양심이 도박판을 벌일 수 있게 비밀 장소를 제공한 삶이다. 삶은 시와 양심의 배후에서 그들이 어떤 술수를 부리는지 조용히 양쪽 모두의 패를 지켜본다.

　　　　김이듬의 시 속에서 주로 독자에게 말 걸어오는 이는 고아다. 정확하게 말하자면 그 고아가 독자인 나에게 말 걸어오는 것은 아니다. 나는 고아가 혼자서 넋두리하는 것을 엿듣는다. 부모의 생물학적 죽음만이 사람을 고아로 만드는 것은 아니다. 충분히 사랑받지 못한, 그러나 누군가에게 그 받지도 배우지도 못한 사랑을 주어야만 하는 입장에 처한 아이는 모두가 고아다. 고아는 삶의 방식을 혼자서 터득한 독학자일 수밖에 없다. 삶의 독학자는 한편으로는 자유롭고 한편으로는 외롭다.

　　　　그런 면에서는 동물(고양이)이 살아가는 방식이 고아의 방식보다 우월하다. "사랑한다고 말한 것뿐인데" "내 뺨을 할퀴"는 고양이의 방식을 고아는 쉽게 받아들일 수가 없다. 사랑 없이도 냉담하게 살아갈 수 있는 고양이는 고아보다 우월한 존재다. 하지만 김이듬 시 속의 고아는 고양이 식의 삶의 이치를 터득할 팔자가 못된다. 고양이는 사람의 양심 같은 것은 바라지도 않는데, 김이듬 시 속의 고아는 인간의 양심 때문에 그런 냉담한 고양이와 심지어 들쥐에게조차 공평하려고 헛힘을 쓴다.

　　따라서 세상에서 매일같이 벌어지는 사소하지만 절대 사소하지 않은, 주로 사랑의 결핍과 서로 다른 사랑의 표현 방식 때문에 벌어지는 사건들 때문에 고아는 분노한다. 그러고도 분을 참지 못하고 "밤을 치던 칼로 신문지를 찍"다가 고양이를 데리고 동산에 올라가 "다리를 푹 꺾고 머리를 홱 젖혀 팔을 벌린" 채 "다 죽여 버릴 거"라고 절규하다 침을 흘리며 개와 고양이와 함께 납작 엎드리고 만다.

　　고아는 그 망할 놈의 양심 때문에 무심한 고양이나 개는 되지 못한 채 그들이 하듯이 납작 엎드린 채 자신이 태어난 고향을 가만히 지켜본다. 그 순간 고아는 고향에 돌아왔지만 여전히 "고향의 난민"인 자신의 처지를 인식한다.

　　그런데 세상엔 고아가 너무 많다. 김이듬의 눈에는 특히 고아가 더 많이 보이는 것 같다. 아기를 안고 투신한 여자도 그렇고, 명절날 한복을 입고 손님을 접대하는 다방이나 술집의 소녀들도 그렇고, 그들을 오토바이에 싣고 다니는 소년들도 그렇고, 죽은 딸을 쉬쉬하고 있는 담배 가게 아저씨도 그렇다. 그런데 고아들은 눈에 띄고 싶어 하면서도 또 숨고 싶어 하는 존재들이다. 고아들의 고통과 비밀이 시집 곳곳에 편재해 있지만 그것은 도드라지는 동시에 또 조용히 숨어 있다.

　　그래서 이 시집은 앞에서가 아니라 뒤에서부터 읽는

편이 훨씬 좋다. 시집의 마지막에 실린 시 「고향의 난민」을 나침반 삼아서 시 속의 화자가 그렇게 했듯이 "고양이들과 떠돌이 개와" 같이 "납작 엎드려" 시집을 되짚어 읽으면, 질 속에서 나오지도 못한 채 늙어 죽은 이와 설령 질 밖으로 나왔다 하더라도 사랑에 굶주린 고아의 넋두리들이 문득 들려올 것이다. 그리고 혹 운 좋은 사람은 비정한 고아 어머니의 유언에서 뜻하지 않은 슬픈 사랑을 발견할 수 있을지도 모르겠다.

시집 『말할 수 없는 애인』은 차갑고 비정한 세상(이 세상의 이해하기 힘든 갖은 변종의 모정과 부정들)에 던지는 시인의 일찌감치 패배한 사랑(양심의 가책)이다. 그런데 사랑을 제대로 받지 못한 고아에게 세상을 직시하고 세상에 대한 사랑을 부정하지 말라고 하는 것은 너무나 가혹한 처사일까.

혜가가 달마 앞에서 자신의 팔을 자른 것은
비유일 뿐인가

       무엇인가에 관해 설명하고 이해시키려는 태도는 시의 태도가 아니다. 설명과 이해를 목적으로 하는 것은 시가 아니라 산문이다. 산문시가 있기는 하지만 산문과 산문시는 엄연히 다르다. 산문은 어떤 현상에 대해 설명하고 해석하려 든다. 좋은 산문은 복잡한 것을 단순하게 하고 우연한 것에서 필연을 발견하도록 한다.

그런데 시는 산문과 달리 이성으로는 풀리지 않는 현상의 수수께
끼를 다룬다. 시라는 한 가닥 실마리와 함께 우리는 불안하면서도
황홀한 수수께끼의 세계로 향한다.

구제역을 예로 들어 보자. 구제역의 원인을 규명하고
방역을 하고, 그 사후 처리를 하며 그 과정에서 숨겨져 있던 세계
의 허위를 폭로하는 역할이 산문의 것이라면, 살처분된 가축들의
아비규환과 그것을 덮은 흙의 두께와 그 두께를 비집고 흘러나오
는 피(원한)와 동참했던 사람들이 느끼는 공포와 전율 그리고 그
사태와 더불어 생겨난 우리 내면의 불안과 (불)쾌는 시의 몫이다.

달리 비유하자면 산문이라는 자로 우리는 세계와 생
활의 깊이를 재고, 그것에 얽힌 문제들을 풀어 나간다. 그러나 시
는 그 문제들 앞에서 깊이를 재고 문제를 풀기는커녕 머뭇거리고
더듬더듬 중얼거리다가 끝내는 침묵한다. 시는 태생부터가 무엇인
가를 재는 자가 되지 못한다. 시는 산문이라는 자에 더부살이하는
자의 무의식이다.

그런데 우리는 무엇인가를 잘 재려고 하거나 보여 주
려고 하는 산문적 태도를 시적인 것으로 오해한다. 이해는 그것에
관해 설득하게 하지만 그것에 관해 공감을 불러일으키지는 못한
다. 나아가 그것에 매혹되지는 않으며 사랑을 느끼게 하지는 못한
다. 물론 이것이 산문과 시를 판단하는 유일한 기준은 아니다. 하
지만 적어도 이 정도의 조건은 충족시켜야 우리는 그것을 산문이

아니라 시라고 부른다.

　　그렇다면 이번 권혁웅의 시집 『소문들』은 어떤가. 권
혁웅은 시집의 표4에 "첫사랑이란 '사랑하다'가 최초의 기표로 단
번에, 완전하게 주어졌을 때의 사랑이며, 그로써 다른 모든 기표
들의 계열화를 가능하게 하는 사랑이다"라고 쓴다. 나는 이 문장을
읽고 꽤 충격을 받았다. "최초의", "기표로", "단번에", "완전하게",
"주어졌을 때의", "사랑이며"를 더듬더듬 읽는 동안 그 과감한 언표
행위에 놀랐고 그 조합에 또 한 번 놀랐다. 물론 그 놀라움은 가령
틱낫한의 『첫사랑은 맨 처음 사랑이 아니다』를 접했을 때의 놀라움
과 유사한 것이다. 그 놀라움은 시 쓰는 사람과 공부하는 사람이
아무런 껄끄러움 없이 만나 이렇게 쉽게 친구가 되어도 되는 것인
가 하는 의문에서 나온 놀라움이다. 이것은 반갑지 않은 이해와 비
유(진리와 미)의 만남이며, 그 밀월 관계가 우리에게 주는 것은 매
혹이 아니라 상투적 화해다. 매혹당한 자는 움찔거리거나 침묵하
지 그것에 대해 설명하지 않는다. 설명은 오히려 그것에 대해 알지
못한다는 뜻이며 매혹당하지 않았다는 증거이다. 이해는 무경험으
로도 가능하지만 공감은 경험 없이는 불가능하다.

　　예를 들어 불경에 나오는 오래된 비유 중에 "같은 물
이라도 뱀이 마시면 독이 되고 소가 마시면 젖이 된다"라는 비유가
있다. 그런데 이 뻔해 보이는 비유조차도 이런저런 인생 경험이 쌓
이고 불운과 행운을 겪다 보면 점점 더 이해하기 어려운, 만만치

않은 비유라는 것을 알게 된다. 이 비유는 엄밀히 말해 어떤 사람들에게는 여전히 사비유가 아니다. 그러나 그렇다고 해서 이 비유를 통렬하게 깨닫지 못한 사람이 사용하게 되면 그것은 도덕의 차원으로 순식간에 추락하고 만다. 이런 면에서 권혁웅이 이 시집에서 쓰고 있는 비유의 방식들은 유감스럽게도 반성과 이해의 차원으로 이미 추락한 것들이다. 이 시집의 절반인 1부의 〈소문들〉과 2부의 〈야생동물 보호구역〉이 특히 그렇다. 왜 이 깨달음들이 도덕이나 반성이라는 설교의 옷을 입지 않고 시의 옷을 입어야 하는지 모르겠다. 혜가의 팔이 눈밭에 떨어져 날뛰는데 그것이 단지 비유일 뿐이라니.

나는 이해보다는 매혹과 떨림을 시의 기준으로 삼고 있는 독자다. 나는 사랑이 무엇인지 언제 내게 오기는 했었는지 모르겠다. 그러나 최소한 사랑이란 것이 나나 당신들이 가진 이해의 그물에 쉽게 걸려들지 않는다는 사실만은 안다. 물론 시는 그것을 잡으려고 하지도 않는다. 시는 그것의 지나감이고, 그것이 설령 있었다 해도 이미 그것의 조사(弔使)에 불과하기 때문이다. 나는 이 시집의 나머지 절반인 3부 〈드라마〉의 일부와 4부 〈필멸의 오랑우탄〉을 읽고서야 이 글들의 모임이 시집이라는 것에 겨우 수긍할 수 있었다. 이 부분에 와서야 나는 시인의 감각을 상대로 싸움을 시작할 수 있었다. 그러나 막상 싸우려고 보니 너무 상투적인 상대(삶의 허무와 반성)라 싸울 맛이 안 난다. 이런 스타일의 시를 읽다 보면 김수영이 죄인이라고 말하고 싶어질 정도다. 그러나 김수영에게 무슨 죄가 있겠는가. 김수영은 반성이 아니라, 반성을 반성하지 않는 것이 시라고 했는데 그 말을 당대가 오독하고 있을 뿐인 것을.

　　　　　게다가 풍자의 방향이 자신을 향하지 않고 밖을 향하고 있다는 것은 이 시집의 치명적인 결함이다. 1부에서 3부까지의 시를 끌어 나가는 목소리는 재치가 있지만 그것만으로 끝이고, 화자가 호명하는 인물들은 관념적 이미지들에 불과하다. 또 4부에 등장하는 인물들(노모, 형제, 여자)은 관념적이진 않지만 매력 없이 그려지고 있다. 다만 4부의 시에 등장하는 목소리는 다르다. 4부의 시를 끌고 가는 어릿광대(화자)는 삶에 중대한 타격을 입은 자다. 그는 슬픔의 차원에서 중얼거리고 있다. 그러나 무엇인가 아쉽다. 그들은 그저 그런 존재로 호명되어서는 안 되는 존재들이다. 그들은 불쌍한 어릿광대의 운명을 쥐고 흔드는 무섭고 매혹적인 유혹이자 수수께끼이며, 절대자이자 타락이며, 샘이면서 깊은 수렁이어야만 했다. 나이 탓이든 세상 탓이든 육신이 쇠락하고 욕망이 식어 갈 때 이제까지 자신이 살았던 삶을 돌이켜 보고 그것을 부정한다면 그보다 허무하고 슬픈 일은 없을 것이다. 그러나 그런 순간에도 좋은 산문은 자신의 삶을 재고 이치를 따져 우리에게 반성과 성찰을 가져온다. 그리고 좋은 시는 비극에 등장하는 어릿광대마냥 반성하기는커녕 우리 삶을 조롱하고 비웃으며 더 나아가서는 수수께끼를 풀지 못하는 우리에게 비통한 웃음마저 준다. 물론 권혁웅은 비극에서 어릿광대가 맡은 역할이 무엇인지 알고서 시를 쓰는 시인이다. 하지만 이번 권혁웅 시집의 어릿광대는 단지 슬픔 속을 헤매고 있다는 느낌만을 준다. 우리는 재능 있는 시인의 새 시집을 펼칠 때마다 어릿광대가 날리는 예상치 못한 치명타를 기대한다. 그런데 이 시집은 그 기대를 확실히 빗나갔다. 탁월한 비평가이자 폭넓은 독서가이기도 한 시인이 아래의 시에다 옮겨 놓은 흥미진진한 옛이야기를 당대의 이야기로 녹여 낼 수 있었으면 하는 아쉬움이 남는다.

한나라 말에 영양(零陽) 지방의 태수 사만(史滿)에게 딸이 하나 있었는데, 이 딸이 관부의 한 서좌(書佐)를 짝사랑했다 그를 너무 좋아한 나머지 시비를 시켜 서좌가 세수한 물을 몰래 가져오게 해서는 그 물을 마셨는데, 그만 임신을 해서는 달이 차서 아이를 낳았다 아이가 기어 다니는 나이가 되자, 태수가 아이를 안고 나와서 아이에게 아비를 찾게 했다 아이가 기어가서는 곧장 서좌에게 가서 안기는 것이었다 놀란 서좌가 아이를 밀치자, 아이는 땅에 엎어져 물로 변해 버렸다.
　　ㅡ「물로 된 사람ㅡ멜랑콜리아 4, 고 박찬 시인께」

우리는 『수신기』의 등장인물들과 박찬 시인이 한 몸으로 녹아들고 화자와 물로 변한 아이가 한 몸으로 녹아드는 시를 기다린다. 죽은 비유의 시가 아니라 당대의 살아 있는 이야기로 현현하는 비유의 시를. 따라서 권혁웅이 언급한 다음의 문장, "들을 귀 있는 자는 들을지어다"와 "나는 이렇게 들었다"는 영원히 시가 되지 못할 소문의 팔자다. 그리고 그 소문들 사이에서 위태로운 것은 시가 아니라 시처럼 보이는 우리 생활의 허위다. 소문 때문에 뒤바뀔 행복이나 사랑이었다면 그것은 애초부터 자신 몫의 사랑이나 행복이 아니었을 뿐이다. 그런데 "땅에 엎어져 물로 변해 버"린 이 불행한 팔자야말로 시인의 전형적인 팔자 아니던가.

'위반하고 즐겨라'라고 말하는 시[1]

1. 이천년대, 다시 시의 무용론(無用論)을 생각하다

        김수영은 1961년 「시의 뉴 프런티어」에서 시인에게
는 '시의 무용(無用)'이 최고 혐오이자 최고의 목표라고 말한다. 덧
붙여 비트족이 유행했던 시절인지 시인이 다방에서 이유 없이 테이

블을 치고 찻잔을 깨뜨리는 이야기가 나오는데, 서울에서는 그런 일을 벌일 시인도 없을 뿐더러 시골도 매한가지라 밤낮 도르래미타 불이고, 개똥이고 좆이라는 과격한 평까지 곁들인다.

이천년대의 새로운 시를 쓰는 젊은 시인들에 관한 글을 청탁받으면서 나는 김수영의 글을 떠올리고 죽은 제갈공명이 산 사마중달을 놀리는 기분을 맛보았다. 무엇이 시인을 시인으로 만드는지 또 무엇이 시를 시로 만드는지 우리는 김수영처럼 진지하게 고민하고 있을까?

시가 무용하다는 것, 즉 쓰임새나 실용성이 없다는 것은 무엇인가? 김수영이 예술지상주의자도 아닌데 예술을 위한 예술을 이야기했을 턱은 없고, 그는 역설적인 의미에서 불가능한 것, 시가 가야 할 궁극의 지점을 '시의 무용'이라고 했을 것이다.

그렇다면 이천년대의 시는 어디에 있는가? 이천년대의 일군의 시는 외견상으로는 김수영이 말했던 그 '무용'을 실천하는 듯이 보인다. 이천년대의 한국 시단은 난삽하다. 일부러라도 언급하기 싫은 몸시, 생태시, 여성시 등의 이름으로 쓰이는 닫혀 있는 시들로부터 새로운 모색 없는 옛 세대의 시들이 아무런 자의식 없이 재생산되고 있다. 그런 시기에 새로운 시를 쓰는 젊은 시인들이 나온 것은 시 읽기를 좋아하는 독자의 한 사람으로서 무척 반가운 일이다. 그런데 그 속내를 들여다보면 그렇게 반갑기만 한 것은 아니다.

1990년대 포스트모더니즘의 수박 겉핥기식 바람이 한차례 지나간 후 시는 자신이 어느 장소에 어느 시간에 있는지를 잃어버린 듯하다(물론 어떤 이들은 예전보다 더 확고한 방식으로 시의 정체성을 이야기하지만 그것은 고지식한 주장처럼 여겨진다).

　　그런 때에 일군의 새로운 시인들은 김수영과는 다른 차원에서 시의 무용론을 제기하며 시가 놀이일 뿐이라고 과감히 말한다. 이상한 무용론이다. 이것은 보들레르 식의 유령의 귀환인가, 다다나 미래파 유령의 귀환인가, 아니면 단지 자본의 축적이 가져온 잉여인가, 아니면 진정한 새로운 시의 시작인가?

　　노발리스와 말라르메가 알파벳을 가장 뛰어난 시라고 했던 것에서부터 술 품목표나 황제의 의복 일람표, 기차 시간표, 세탁소의 요금표가 시라고 주장했던 시절을 지나 이제는 편지나 소설이나 영화를 넘어서 화장실의 낙서, 드라마, 만화 등의 모든 것에서 시적 자질을 발견하는 시대까지 왔다.

　　그러나 시는 시대적 제약을 받는다. 완전한 무용(자유)이란 환상이다. 사회와 역사를 떠날 수 없다는 뜻에서다. 단지 지금은 시의 자율성과 통일성이 주목받는 시대다. 굳이 나의 미약한 견해를 밝히자면 사회와 역사에 억압당한 시의 무의식이 터져 나왔다는 느낌이다. 따라서 어떤 패턴의 강박적 반복 혹은 분열의 징후는 당분간 지속될 것으로 보인다.

2. 미래파

　　　이천년대의 일군의 젊은 시인들은 전대의 시인들과는 달라 보인다. 이 글은 권혁웅, 이장욱, 김수이, 신형철, 김진수 기타 등등의 평론가들이 주목한 젊은 시인들로 한정짓고 쓰일 것이다. 재미있는 것은 새로운 세대의 평론가가 새로운 세대의 시인들을 호명하고 있다는 사실이다. 물론 그들은 젊은 시인들의 시만을 다루는 평론가들은 아니다. 그러나 그들은 공통적으로 새로운 서정시를 믿고 옹호하며 서정시의 내연과 외연을 확대하고 싶어 한다. 따라서 젊고 새로운 시에 그들이 주목하는 것은 어찌 보면 너무도 당연한 일이다.

　　　이천년대 젊은 시인들의 목록은 폭이 넓고 다양하다. 하나로 묶어 다루기가 어렵다. 그러나 위의 평론가들로 논의를 한정시키면 의외로 겹치는 부분이 많아 쉽사리 그 전모를 파악할 수 있다.

　　　권혁웅은 2005년 『문예중앙』 봄호와 가을호에 「미래파」와 「상사(相似)의 놀이들」이란 글을 실으며 '미래파' 논쟁에 불씨를 제공한다. 그는 이 두 글에서 장석원, 황병승, 김민정, 유형진, 김행숙, 이민하, 이근화, 조연호, 김언의 시를 다루면서, "사회와 역사에 대한 통찰은 존재론적인 통찰에 자리를 물려줄 때가 되었다"고 주장한다. 권혁웅에 따르면 이들의 시는 이미 존재론적 측면에서 미적 형질의 변화를 실현하고 있다. 그 형질의 변화는 다음과 같다. 이들의 시는 "전언이 풍부하고 이미지가 풍요로우며 여러 화자를 무대에 올리고 추(醜)와 불협화음의 미의식을 실현"하고 있다. 덧붙여 그는 "이들이 90년대 시인들이 내세운 그럴듯한 서정, 고만고만한 서정이 없고 그 대신 무엇보다 재미가 있다"고 지적했다. 또 이들의 시가 위계의 질서가 아니라 다만 계열의 상사만이 있는 시들이라고 그 자율성을 높게 샀다. 결국 그는 이들이 가진 이질성과 혼종성은 우리의 언어로 번역될 것이고 유사한 일군의 방언들로 자리 잡게 될 것이라고 보았다.

  물론 2~3년에 걸친 미래파 논쟁 끝에 그는 원치 않은 스캔들의 주인공이 되고 말았지만, 2007년 「미래파 2」라는 글에서 자신의 '미래파'란 용어는 세대론적 단절의 욕망이 아니며, 한국 현대 서정시의 폭을 넓히려는 미학적 입장이었다는 것으로 젊은 시인들의 시를 변론하며 대체로 이 논쟁의 불씨는 사그라진 것으로 보인다. 그러나 앞서 "사회와 역사에 대한 통찰이 존재론적인 통찰에 자리를 물려줄 때가 되었다"는 주장에서 그 논란의 불씨는 언제든 재점화될 여지를 남겨 두고 있다. 서정시의 자율성과 통일성에 관한 그의 미학적 입장 표명은 한국에선 어쩔 수 없는 오해를 수없이 양산해 내는 해묵은 주제이기도 하다.

  그러나 어찌 됐든 그 스캔들 덕분에 한국 현대시를 둘러싼 여러 입장들과 미학적 입지가 드러나고 무엇보다 한국 현대시에 관한 새로운 미학 논쟁의 돌파구가 열린 셈이니, 그 의의는 충분히 있는 것으로 보인다.

　　이장욱은 2005년 『문예중앙』 이외에도 한참 논란의 중심에 섰던 황병승, 이민하, 김행숙 등의 시집 해설을 비롯하여 여러 지면들에서 젊은 시인들의 시를 분류하고 분석하였다. 그는 일군의 젊은 시인들의 시를 '다른 서정' '외계어' 등의 용어로 명명했다. 권혁웅의 '미래파'란 용어에 힘을 실어 주는 그의 주요 논지는 "하나의 텍스트가 '질문'이기 위해서는 그것을 먼 곳에서 관할하는 언어/관념/이데올로기의 진리성, 혹은 초월성이 위태로워지는 순간이 있어야 하며, 이 순간에 예술적 질문이 성립될 수 있다"는 주장에서 잘 드러난다. 이기인, 김행숙, 조연호, 황병승, 김민정, 이민하 등의 시를 언급하며 그는 각각 다른 시적 윤리학, 성찰과 성장의 거부, 모성의 거부 등으로 그들의 시를 흥미롭게 해석한다.

　　그러나 이장욱과 권혁웅은 차별성을 지닌다. 권혁웅이 이들의 시를 서정시의 차원으로 불러들이며 이들 시의 특성을 미학적으로 분석하는 데 집중하는 데 반해 이장욱은 시의 자율성이나 통일성에 대한 관심은 덜하며 심층해석학의 차원에서 이들의 시를 주로 다루고 있다. 즉 둘은 비슷해 보이지만 근본적 입장에서는 미묘하게 다르다.

　　김수이도 권혁웅, 이장욱 등의 분류와 크게 다르지는 않은데, 이들을 1960년대 후반부터 1970년대에 출생한 시인들로 '신세대론'을 재소환하면서 세대론적 차원 이상의 각별한 주목을 이끌어 내고 있다. 김수이는 황병승, 김행숙, 김언, 이민하, 김민정, 김이듬, 권혁웅, 김근, 유형진, 최치언, 이장욱, 장석원, 신해욱, 진수미, 안현미, 이영주, 강성은, 최하연, 장이지, 박상수 등의 이름을 열거한다. 김수이는 이들을 '다채로운 차이의 가능한 연합'이라고 명명했는데 "그들은 우리와 다른 언어와 감각과 상징체계로 말한다"라며 이들의 시가 새로운 돌파구가 되길 희망한다고 말한다.

　　　이들의 시가 전통 서정시와는 다른 서정시라는 것은 누구나 알고 있는 사실이다. 그러나 김수이가 서정시의 본질과 정체성에 대한 질문들로 이들의 시를 받아들일 때 이들이 "우리와 다른 언어와 감각과 상징체계로 말한다"고 한 그 '우리'와 '다른' '그들'에 관한 강조는 다소 과장되게 전달되기도 한다.

　　　시가 새로운 언어 환경과 정치·문화적 배경에 따라 달라지는 것은 너무도 당연한 일이며, 장르 간의 간섭은 어느 시대에나 있어 왔던 일이기 때문이다(심지어 오늘날의 시는 장르를 넘어 즉 소설을 닮고 싶다는 열망을 넘어서 평론, 미술, 영화, 광고 혹은 무의미한 낙서가 되고 싶어 하는 일도 빈번하다).

　　　그 외 신형철이 '뉴웨이브', 김진수가 '젊은 그들' 등으로 명명하는 시인들 역시 위의 세 사람의 견해와 크게 다르지는 않다.

그런데 이때 주목할 만한 사실은 이들의 '이론'들에 관한 공통점이다. 이들은 문학 연구와 문화 연구 사이에서 시를 해석하는 세대다. 이들은 신비평에서 현상학, 구조주의, 후기 구조주의, 해체론, 페미니스트 이론, 정신분석학, 마르크스주의, 신역사주의/문화유물론, 퀴어 이론 등의 장을 자유롭게 넘나든다. 그럼에도 불구하고 그들은 서정시의 본분을 망각하지는 않는다. 그들이 서정시에 적용하기 힘든 이론들을 가지고 돌아와 서정시의 내연과 외연을 확장하고 심화시킨다는 사실은 긍정적이다. 그러나 시를 해석만이 아니라 공감의 차원으로 읽어 내는 독법도 중시되었으면 하는 바람이 있는 것도 사실이다. 물론 이것은 시를 문화론의 차원에서 문학론의 차원으로 돌리라는 뜻은 아니다.

김수이의 지적대로 이천년대에 등장한 새로운 시인들은 공동의 시적 명분이나 문학운동이 쇠퇴한 상황에서 사전에 의도하거나 연합한 바 없이 동시다발적으로 출몰했다(그러나 이들 젊은 시인들은 대부분 동인 활동을 하고 있다. 선언만이 불분명할 뿐 이들은 공동의 시적 명분과 어떤 운동성을 지향하고 있을 가능성이 있다). 김수이는 이를 축복으로 받아들이라 했지만 단지 이것을 의심 없는 축복으로 받아들일 수 있을까. 왜 이 축복이 이천년대 한국 시단에 내렸는지, 그것도 왜 동시다발적으로 내렸으며 그것이 무엇인지 또 어떻게 움직이며 어디로 갈 것인지를 지속적으로 관찰해야만 할 것이다.

3. 포스트모더니즘의 병적 징후인가? 아니면 새로운 시인가?

　　일군의 이천년대의 젊은 시인들은 새로워 보인다. 그들의 반정치경제성, 초역사주의, 예술적 개인주의 등의 면면들이 그것을 예증하고 있다. 그러나 그것은 다른 각도에서 보자면, 오히려 지향성 없음, 세계에 대한 가벼운 냉소, 시의 상품성에 대한 의심 없는 인정 등을 내면화하고 있는 가짜 자유일 수도 있는 것들이다. 그들의 시를 긍정적으로 보면 기존의 세계에 얽매이지 않으며 자유롭다. 그러나 그들의 시를 부정적으로 보면 자본주의의 가치를 내면화하고 있는 자본의 잉여일 가능성이 있다는 사실이다. 흥미로운 역설이다. 만약 후자라면 그들은 전혀 새롭지 않다. 오히려 그들의 무의식은 전 세대보다 더 정치적으로나 문화적으로나 체제 내의 안정을 지향하는 면이 강할 것이다. 일단 그들의 시를 개괄적으로 살펴보자.

　　우선, 이천년대의 일군의 새로운 시는 과거의 전통을 부끄러워하지 않는다. 서슴없이 모방하고 왜곡하고 파괴한다. 그들은 선배에 대한 영향의 불안이 없는 듯이 보인다. 따라서 그들은 투쟁하여 얻어 낼 새로운 가치도 없다. 그들은 다만 시를 가지고 놀 뿐이다.

　　둘째, 이천년대의 일군의 새로운 시는 희곡과 소설과 에세이의 장르를 아무렇지도 않게 넘나든다. 그리고 그 경계 없음은 미술이나 영화나 멜로드라마나 만화에서도 마찬가지다. 그러나 이것은 이미 오래된 모더니즘의 습관 중의 하나일 뿐이다. 중요한 것은 왜 그것을 넘나드는지를 자각하지 않는다는 데 있다. 물론 놀이는 자각을 필요로 하지 않는다.

셋째, 이천년대의 일군의 새로운 시는 마르크스주의와 정신분석학과 페미니즘과 그 외의 그 어떤 주의나 해석학들과도 쉽게 어울린다. 놀이는 지향성도 반성도 없으므로 이상할 것이 없다. 그러나 한편으로 불편한 존재들이 한꺼번에 모여 노아의 방주같이 평화롭게 공존한다는 사실이 놀랍기는 하다.

정말 새로운 것이 자유로운 것이고 자유로운 것이 놀이라면 이들의 시는 그런 시의 차원에 도달한 것으로 보인다. 그러나 그들의 자유가 가짜 자유라면, 자유를 빙자한 사기이거나 유치한 놀이 혹은 자본의 지적 잉여에 지나지 않는 것이다. 그렇다면 문제는 다른 차원으로 넘어간다. 이제 몇 가지 용어들을 가지고 그들의 새로움을 점검해 보자. 그 몇 가지 용어들은 환상(동화와는 구분되어야 될), 환유, 유머(재담), 엽기, 실험, 새로운 화자(주체) 등에 관한 것이다. 이러한 점검에 의해 다소나마 이전의 시와는 다르다는 이유로 혹은 난해하다는 이유로 한꺼번에 묶여 있는 이천년대의 시인들이 각자의 위치를 자유롭게 찾을 수 있게 될 것이다.

최근 이천년대 일군의 젊은 시인들의 환상에 '이상한 나라의 앨리스'와 같은 동화가 자주 해체되어 등장하는데 그런 동화적 환상과 시에 있어서의 환상은 본질적으로 다르다. 부정적인 면에서 동화가 해체되어 시에 쓰이는 경우는 유아기나 아동기의 퇴행을 벗어나지 못했다는 뜻도 된다. 만화류를 해체한 것도 이와 유사하다. 물론 동화나 만화를 해체했다 해서 모두 그렇다는 뜻은 아니다. 키치적인 제스처와 의심 없는 유희가 문제라는 뜻이다. 그들은 지배 담론에서 벗어난 주체가 아니라 오히려 저항하지 않는 주체에 가까울 수 있다.

또한 이들은 자신들이 상상계의 언어를 회복한다고 하지만 모든 언어는 이미 상징계의 언어다. 시의 목적이 '어린아이로 돌아가자'가 되어서는 안 될 것이다. 또 여성의 언어를 회복하자는 취지에서 은유보다는 환유가 훨씬 더 여성적이라는 견해도 있는데 이것 또한 퍽 어설픈 견해다. 야콥슨이 '이야기성이 강한 글(특히 소설)에서 환유의 속성이 잘 드러난다'고 했던 점을 상기할 필요가 있다. 최근의 시들이 서정의 토로에서 연극성이나 일방적 독백이 아니라 대화체의 속성 혹은 여러 화자의 목소리를 가지고 싶어 한다는 사실, 그리고 이야기를 가지고 싶어 하는 점이 오히려 서정시에 있어서의 환유의 존재 의의를 더 잘 설명해 준다.

물론 시라는 개념은 야콥슨의 지적대로 '유동적이고 시대적 제약을 받는 것'이며, 또 '어느 시파가 다른 시파보다 더 진실하다거나 자연스럽다'라는 사실로 더 시가 되는 것은 아니다. 그들의 말대로 오늘날에는 백화점의 괴상망측한 거울처럼 반사하는 창문이나 파리똥이 다닥다닥 붙은 시골 여관의 판유리 창문이나 모두 동등한 시적 가치를 갖는다.' 그러므로 시라는 이름 아래 모여 있는 모든 시는 시다. 그렇다면 이제는 취향의 문제로만 시를 읽고 감상해야만 하는 것인가? 하지만 이것은 저항하지 않는 자의 논리이며 자유롭지 못한 자의 논리다. '위반하고 즐겨라'라는 주장, 그 자체만으로는 진정한 자유가 될 수 없다.

     이런 면에서 최근 나는 1960년대의 시인들 중에 김구용과 전봉건을 재발견하고 즐거웠다. 그들이 초현실주의를 공부하고 그런 류의 시를 한국적으로 실험했다는 사실이 새삼 즐거웠다. 김수영과 김종삼과 김춘수 선에서 멈추었던 논의들이 새롭게 전개될 지점을 찾았다는 느낌이었다. 물론 1970년대와 1980년대를 거치면서 숱한 실험들이 한국에서 전개되어 왔음은 이미 누구나 알고 있는 사실이지만 1960년대에 이미 김구용의 「삼곡」과 전봉건의 「속의 바다」와 같은 시편들에서 그 가능성을 시험했다는 사실이 흥미로웠다. 물론 한계도 충분히 상정하고 읽어야겠지만 새롭게 부각될 문젯거리를 품고 있는 시인들의 시편이다.

     이들의 시는 이미 환상을 다루며, 환유를 즐겨 쓰고 실험성이 강한 면에서 이천년대 시의 어떤 면모를 선취하고 있다(물론 전봉건이 김수영에 의해 이미 그 환상성과 난해성을 의심받았다는 측면에서도 흥미롭다). 그중 특히 김구용의 환상적 시 쓰기는 김록과 김언, 정재학 등의 시 쓰기와 유사성을 가지고 있다. 무의식과 광기가 녹아 있는, 왜곡되고 비틀린 비문법의 시를 쓰는 김록과 시와 언어를 의심하는 곳에서 출발한 메타적 시를 쓰는 김언, 그리고 꿈을 형상화한 산문의 시를 쓰는 정재학의 씨앗이 이미 배태되어 있었다. 물론 이것을 거론하는 것은 시의 계보학을 써 내려가기 위해서가 아니다(아마 이들 중에는 아예 김구용을 읽지 않은 이도 있을 것이다). 오히려 이들의 시가 이전에 실험되었다고 해서 낡았다는 것이 아니라는 것을 보여 주기 위한 전범으로 이들을 언급한 것이다. 김구용의 실험은 이천년대의 젊은 시인들에 의해 미분화된 양상으로 나타나고 있다. 적어도 이들은 퇴행하고 있는 것은 아닌 듯하다. 이를 증명하기 위해선 이들의 시에 관한 세밀한 분석이 따라야 할 텐데, 그런 글들이 적다는 것이 아쉽다.

　　　　그중 미약하지만 김록과 정재학의 시에 대한 단평은 이렇다. 김록의 시는 불편하다. 그러나 시에서 불편함은 미덕일 경우가 있다. 의식을 의심하는 의식이 등장하고 비문법이 횡행한다. 그러나 그녀의 시의 진짜 불편함은 난해함이나 비문법에 기인하지 않는다. 「대화」나 「가혹한 분말」 또 그녀의 매력적이고 관능적인 시편들에서 그녀의 화자는 자신의 가짜를 의심하고 우리의 가짜를 의심한다. 그 사무사한 의심 때문에 그녀의 시는 단순한 환상이나 환유에 멈추지 않는 것이다. 이때 그녀의 시는 심지어 유머를 품고 있다. 그러나 의심을 멈추고 단순히 사무사에 그칠 때 그녀의 시는 아주 편안해지기도 한다.

정재학은 꿈(무의식)을 언어로 조직한 특이한 시인이다. 그는 주술적 반복과 비대칭적 리듬으로 산문적 정황을 시의 순간으로 바꿀 줄 아는 시인이다. 「어머니가 촛불로 밥을 지으신다」나 「반조」 「아라베스크」 같은 시에서 보여 준 환상은 예술이 확보한 사실성의 영역을 넓혀 준다. 그러나 단순히 꿈을 펼쳐 보이기만할 때, 그의 환상은 유희에 그치기도 한다.

그렇다면 이들의 시는 실험과 전위의 시인가? 20세기의 전위적 예술 유파의 하나였던 미래파는 과거의 유산인 도서관과 박물관을 매도하고 현대의 특징인 속도와 기계, 도시와 공장을 인류의 미래를 위해 희망이 넘치는 시적 소재들로 제시하였다. 그들은 비행기와 전쟁을 예찬하였으며 작시법에 있어서는 통상적 구문의 파괴와 리듬의 파괴 그리고 충격적인 기호들을 사용하였다. 그들은 상징주의를 배격했고 혁명을 꿈꾸었다.

그런 미래파와 이천년대 한국의 젊은 시인들 사이에는 몇 가지의 공통점이 있다. 하지만 이는 이미 모더니즘이 흡수한 공통의 자양분에 지나지 않는다. 이천년대 한국 시단은 이채로운 시들로 가득하다. 가히 시의 난장이라 부를 만하다. 그런데 미래파와 같은 시는 과연 한국에 있을까? 기성의 권위를 획득한 시집들이 출판되는 곳에 그런 전위를 표방하는 시들이 있다는 사실을 우리는 이미 알고 있다. 그러나 그것은 정말 아이러니한 전위다. 기성에 안주하는 전위라니. 그것이 전위라면 김수영의 말대로, 벌써 볼 장 다 본 도르래미타불이고, 개똥이고 좆이 아닌가.

　　　　그런데 여기서 주목할 만한 사실은 이천년대 일군의 젊은 시인들이 쓰는 시는 다행인지 불행인지 그런 뻔뻔한 전위가 아니라는 것이다. 가령 권혁웅이 미래파에서 언급한 장석원은 다성성(?)의 시인이지만 김수영의 후계자이고, 김민정은 김언희나 박서원 등과 유사하며, 황병승은 상징주의와 초현실주의의 후계자라 할 만한 무의식의 시인이며, 유형진은 모더니티 킨트의 서정 시인이다. 즉 그들은 태생부터가 미래파와 같은 전위 시인은 아닌 것이다.

　　　　이것은 이장욱, 김수이, 신형철과 같은 문제적 평론가들이 이들의 시를 읽는 방식과도 일치하는 지점이다. 김민정과 이민하의 시를 읽는 방식이나 황병승이나 장석원을 읽는 방식에서 그들은 바흐친의 다성성이나 정신분석학의 용어들, 혹은 푸코나 들뢰즈나 지젝과 같은 해석학자들의 용어를 쉽게 전유하여 사용한다. 그러나 덕분에 시를 읽어 내는 것인지 소설을 읽어 내는 것인지 혹은 영화를 읽어 내는 것인지 해석학을 시에 적용하는 것인지 정신병자를 분석하는 것인지 헷갈리게 하는 지점이기도 하다. 물론 문학은 모든 것들의 난장이고 궁극적으론 인간학의 한 분야이니 어떤 해석의 도구로 시를 읽든 무슨 상관이겠는가.

　　　　그러나 문제는 이들이 '주체' '환상' '다성성'과 같은 용어들을 의심 없이 시를 변별하고 해석하는 도구로 사용할 때 나타난다. 시 해석은 시를 읽는 가장 흔한 독법이지만 어떤 방식을 고수하면서 시를 해석하며 읽을 때 시를 죽이는 첫 번째 이유가 되기도 한다(앞서 언급한 공감의 시학에 관한 아쉬움 참조).

따라서 김민정의 시를 환상이나 엽기 때문에 새롭다, 혹은 그 언어의 파격 때문에 위태롭다, 라고 말하면 김민정의 시를 재미없게 만들 수도 있다. 사실 김민정은 리듬과 서사의 얼개를 엮는 방식에 있어서 서정시의 전통에 기대는 점이 더 우세한 시인이다. 우선 김민정의 시는 재담의 시이며, 입심이 좋은 시다. 거의 줄글로 쓰였는데도 재미있게 읽힌다. 유머와 위트가 비속어와 당대의 현실 언어들을 빌려 당돌하게 표출된다. 「거북 속의 내 거북이」 「고등어 부인의 윙크」를 비롯한 그녀의 대부분의 시에는 욕이나 비속어, 성적인 어휘 등이 여과 없이 쓰이고 있다. 하지만 더 중요한 것은 시를 구성하는 선정적 언어가 아니라, 그런 선정적 언어를 선택한 시인의 의식에 있다. 김민정이 노리는 것은 블랙유머와 위트다. 원래 유머는 '우스운'이라는 뜻은 없고 '괴팍한 기질', '불쾌하고 병적인'이라는 뜻이 있었으니 엽기와는 다분히 친연성이 있다. 덧붙여 위트는 감각적인 것에서 지적인 것으로 옮아오면서 주로 형이상학파 시인들에 의해 쓰였으며 유머와 위트가 환상과 만나면 「이상한 나라의 앨리스」와 같은 작품이 나온다는 기존의 연구 성과를 주목할 필요가 있다.

김민정의 시는 시로 쓰인 「이상한 나라의 앨리스」라

고 할 만하다(황병승의 '여장 남자 시코쿠'도 역시 앨리스의 변형이다). 그런데 이때 유머와 위트는 선의의 편이며 타인에게 공감하는 제스처를 취한다. 따라서 이들의 시에서 유머와 위트를 발견한다면 그것은 아무리 그것이 환상과 엽기로 점철되어 있어도 언제나 공범자 혹은 동료와 같이하는 놀이로 읽히게 만든다. 따라서 그들을 타자 혹은 적으로 생각하며 읽는 방식은 일단 읽는 자를 악의를 가진 자로 의심하게 만드는 묘한 힘을 가지고 있다. 그러나 바로 이 점이 그들의 시가 포스트모더니즘의 퇴행은 아닐까 하는 의심이 뒤따르게 하는 바로 그 지점이기도 하다.

어쨌든 김민정의 시는 전통 서정시 중에 구어의 전통을 따르며, 물론 일반적인 입장에서 볼 때는 지나치게 시적이지 않은 비속어와 욕설들과 기호들이 난무하지만, 현대성을 지닌 시라면 그것이 무슨 상관인가? 문제는 김민정을 비롯한 젊은 시인들의 시 형식의 문제가 아니라 그것이 어떤 담론에 기생하는, 자유로워 보이지만 실은 전혀 자유롭지 못한 자의식의 소산인가 아닌가 하는 것이다. 그것은 김수영 식으로 말하자면 시인의 양심과 자유에 관한 문제이다.

이민하와 황병승의 경우에는 인간의 무의식을 다룬다는 면에서 정신분석학과 갖는 친연성이 언제나 평론가들을 유혹하는 주요 요소이다. 그런데 이들이 새로운 (성)정체성을 지닌 그들만의 새로운 이야기를 써 내려가는 외계인이라는 측면만이 강조

되면 그것 역시 이들의 시를 단지 흥미로운 해석의 차원에서만 읽게 할 뿐이다. 게다가 의외로 이들이 사용하는 자궁과 성기와 그와 관련된 환상적이고 엽기적인 기표들은 의식의 부산물일 가능성이 농후하다.

그것은 이들의 시가 언뜻 신선하게 읽히지만, 그 신선함은 성에 관한 새로운 정체성에서만 오는 것이 아니다(그것은 오히려 일종의 속임수처럼 보인다). 오히려 그 신선함은 그들 시의 비대칭적인 구조와 환유적 시어의 선택과 배열에서 온다. 그 때문에 역설적으로 그들의 시를 읽을 때면 문맥이 통하지 않는 실험시의 한계를 보는 것보다 더 안타까운 순간을 맛볼 때도 있다. 황병승의 대표작이라 할 만한 「주치의 h」에 나오는 입과 오리와 도끼에 관한 환유나 「검은 바지의 밤」에 나오는 자궁과 새엄마와 호주머니의 환유가 처음 읽을 때는 신선하다가도 금세 흔한 정신분석학의 꿈 해몽식의 풀이가 될 때 환유가 주는 이야기의 힘은 너무도 쉽게 그 주술성이 풀리게 마련이다.

또한 새로운 시의 화자로 등장한 여장 남자 시코쿠의 고백도 다른 장르나 문화에서는 이미 낡고 닳은 것들이라는 점에서 아쉽다. 가령 「헤드윅」이나 「나쁜 교육」 등등의 트랜스젠더 영화나 뮤지컬이 유행하고 있는 마당에 시에서 이것을 뒤따라가고 반복한다는 것은 전혀 유쾌하지 못한 것이라 하겠다(이것을 의심 없이 빌려 오고 재구성하는 시와 시에 관한 평론은 너무도 뒤떨어진 의식의 부산물이다. 그림과 영화를 언어로 재구성할 때의 재미없음은 이미 알 만한 사람은 다 알고 있다).

이민하의 경우에도 「배꼽」 「데칼코마니」와 같은 그녀의 잘된 대표 작품들에서 여자와 아이의 치환이나 이야기의 응축, 또 「이야기」식의 시에서 보이는 기대에 미치지 못하는 상투적 환상의 결말이나 뜬금없는 유아적 동화성은 그녀 시의 진정성을 의심케 한다. 우리는 이런 페미니즘의 시 혹은 젠더의 시를 김혜순, 김언희, 박서원, 조말선 등에게서 실컷 맛보았기 때문이다. 다른 감각을 지닌, 제7의 감각을 지닌 시인이라는 평에 걸맞지 않게, 그녀의 감각은 오히려 상당히 진부한 것이다. 새로운 '여성의 언어를 찾으라'는 담론이 오히려 시 전반에 강박적이면서도 기계적으로 작동하고 있어, 예상 외로 시가 풍요롭게 읽히지는 않는다.

결론적으로 말하자면 이들이 갖고 있는 새로운 진부함은 '위반하고 즐겨라'라는 자본주의의 지배 담론을 무너뜨리려는 또 다른 담론의 명령을 의심 없이 수행하는 태도에서 오고 있을 가능성이 있다. 왜 이들은 자신들의 그 명령을 의심하지 않는가? 이들은 1960년대의 김수영의 말로 하자면 "싸움, 더 큰 싸움, 더 큰 싸움, 더, 더, 더, 더, 큰 싸움…… 반시론의 반어"라고 했던 자기의심과 자기와의 싸움의 의지가 거세된 시인들이다. 그들이 말하는 '주체'는 이미 예전에 세계와의 싸움에서 소외된 주체이자 소외된 주체 안에서 다시 한 번 더 분열된 주체다.

그러니 다른 각도에서 볼 때 이들의 시에 관한 해석을 위해 푸코나 라깡이나 지젝 등의 해석학자들이 자주 출몰하고 융과 바슐라르나 프리이와 같은 시를 공감하고 즐기는 이들이 잘 등장하지 않는 것도 이들의 시가 예상 외로 풍요롭지 못하다는 면의 예증이 될 수 있을 것이다.

마지막으로 이 글에서 이천년대 젊은 시인과 평론가들에 관해서 말하고 싶은 것은 현대성에 관한 이야기다. 실험성이 곧 현대성이라는 얄팍한 생각은 지금에 와선 누구도 신뢰하지 않을 것이다. 현대성은 또 난해성과 반드시 일치하는 것도 아니다. 새로운 시는 처음엔 난해할 수밖에 없으며 실험적인 시로 보인다. 그러나 진정 이들의 시가 새롭다면 이들의 시는 결국 난해성을 벗고 독자들의 공감을 얻어 낼 것이다.

현실의 대척점으로 환상을 말하거나 유희를 말할 때, 현대시는 공소해지게 마련이다. 다만 기성의 미를 전복하려는 그들의 태도만큼은 높이 사야 할 터이지만(가령 나는 이런 면에서 시의 소박한 미적 낭만성을 타기해야 할 대상으로 인식하고 있다. 나의 시를 포함해서), 이미 기성의 것에 불과한데도 새로운 것이라고 순진하게 믿고 있다면 그것이 진정한 문제인 것이다.

이천년대 일군의 젊은 시인들은 과연 새로운가? 이제는 그들의 시가 안전한 극장과 놀이 기구에서 쓰인 미의식은 아닌지 스스로에게 물어볼 때다. 그것은 혁명은 고사하고 진정한 '위반하고 즐겨라'가 될 수 없을 것이다. 그들의 주장대로 시가 단지 언어의 유희나 놀이가 아니라, 여전히 인간 영혼에 관한 탐험과 모험이며, 기성에 안주하려는 미의식에 구멍을 내는 불쾌할 수도 있는 충격 혹은 투쟁이라는 사실을 그들이 믿는다면 말이다.

안녕(安寧)이라는 말의 기원

혼자 있는 것이 행복하다고
나는 믿었지만
행복 속에는 안녕이 없네

나는야 뭉게구름 같은 숲 가녘에

안내인마냥 외따로 선

키 큰 소나무 한 그루 사랑했지만,

그 나무 오징어 다리 같은 뿌리 내놓고 길게 쓰러졌네

혼자 있는 자는 아무것도 하지 않는 자,

한마디도 하지 않는 자

무엇이든 저지르고 마는 자이네

그의 몸은 그의 몸 이기지 못해

일어나지 않는 몸,

기필코 자기를 해치는 몸이네

이 독방에 필요한 것은 또 하나의 독방

현관문 열고,

방문 열고 들어서면

더 들어갈 데가 없는 곳에

그러나 더 열고 들어가야 할 문 하나가 어딘가에

반드시 숨어 있을 것 같은 곳에

쓰러지지 않고

침묵하지 않고

기어 다니지 않아도 되는
더 단단한 독방 하나, 나는 믿었지만

그 꿈같은 감옥
불 켜면 빛 속으로 사라지고
지금, 타는 듯한 벌판에서 눈 감는 사람은
또다시 문 밖에 누워 잠드는 사람이네
—「독방」 전문

       혼자 있는 행복 속에는 안녕이 없다는 사실을 깨달을 때까지 그는 오랜 시간을 방황했으리라. 내가 읽은 이영광의 시에는 안녕이 없다. 이 말은 그의 시를 읽고 있으면 나의 몸과 마음도 편안치 않다는 뜻이다. 그의 시에는 걱정과 탈이 넘쳐난다. 그는 아무것도 하지 않으면서 무엇이든 저지르고 있으며 기필코 자기를 해치는 몸을 가진 자다.

       이 모든 것은 혼자 있어도 행복할 수 있으리라는 믿음에서 생겨난 것이지만, 현자의 품을 가진 그는 그 병적인 믿음을 마다하지 않는다. 그 믿음의 병 때문에 그는 독방에 갇힌 자이지만 역설적으로 언제나 밖에서 잠들고 마는 사람이 된다.

       쓰러지지 않고, 침묵하지 않고, 기어 다니지 않아도 되는 더 단단한 독방에 대한 그의 믿음이란 결국 안녕에 대한 꿈일 텐데, 그런 독방의 행복은 아이러니하게도 그에게 안녕을 주지 않는다. 그러나 이 모순 속에서 그의 시는 안녕 대신에 생사와, 관계에 얽힌 절박한 깨달음을 얻는다.

그는 나이 마흔을 훌쩍 넘기고도 '노후를 걱정하지 않으며, 죽음을 하찮은 것으로 만들기 위해 쉼 없이 중얼거리며, 무시무시한 방랑과 영웅적인 은둔에 약간 병적인 선호를 가진' 사람이다. 그러나 그는 그의 현명함으로 이 세상은 '누구의 세상도 아니니까 세상에 적개심을 가져선 안 되며, 그래도 사는 것에는 사는 것 이상(以上)의 뭔가가 있어야 한다'고 믿는 사람이다. 또 '아무리 더러운 것도 만지고 빨고 껴안고 싶은 순간이 있으며, 그 순간 약간의 연기(演技)가, 이를테면 고요한 몸부림이 필요하다'는 사실도 알고 있는 사람이다(이상 「현기증」).

이영광에 의하면 세상은 아무리 더러워도 버려야 할 게 아니라, 만지고 빨고 껴안아야만 하는 것이다. 그래서 그는 '여기 머물면서도 여기가 어딘지 모르는 사람들, 이상(異常)한 것에 정신없이 끌리는 사람들, 제가 아픈지 안 아픈지 잘 모르는 사람들, 처음부터 지고 들어가는 사람들'(「시인들」)이 좋다고 고백한다. 그리고 그 고백의 대상은 바로 자기 자신이기도 하다.

십 년을 쓰던 의자를 내다 버리는 아침
사람도 버려 온 내가 의자 따위를 못 버릴 리는 없으니까

의자를 들고 나가 놓아준다
의자도 버리는 내가,
십 년을 의자에 앉아 생각만 했던 사람을
버리지 못할 리가 없으니까
사람도 안고 나가 놓아준다

이것은 너른 바깥에 조건 없이 새집을 마련해 주는 일
개인 봄날,
이제 그만 투항하여
光明 찾자는 일

늙은 의자는 초록 언덕 아래로 실려 가고
사람 얼굴이 아닌 것만 같던

고운 얼굴 風樂처럼 공중을 날아간다

잘 가라, 탈출이라곤 모르던 인질들

사정을 말하자면,
내게는 겨우 새 의자가 하나 생겼을 뿐이나
—「인질들」 전문

이영광의 신작시에서도 이상하고, 아프고, 지고 들어가는 것들에 대한 관심은 여전하다. 「인질들」「칼」「구두」 등의 시편에서 고르게 나타나는 이런 대상들에 대한 애착은 그의 시를 시답게 만드는 힘임에 틀림없다. 그러나 '그냥 우릴 지나쳐 가도 될 것 같은 느낌'(「구두」) 같은 것이 희망이라거나 "타협으로 숱한 밤을 새워서" "날마다 지기 때문에"(「칼」) 무서워진다는 고백에 이르러서는 어딘가 이영광의 시답지 않다는 느낌을 받게 되는 것도 사실이다. 그의 시가 빛나는 순간은 그런 고백마저 단호히 의심하고, 칼이 들어온다 해도 (무섭지 않아서가 아니라) 자신의 철리로 그마저도 이해하려는 영웅적 자세를 취할 때이다. 단지 이상하기 때문에, 약하기 때문에, 지고 있는 자이기 때문에 애착을 가진다는 것은 결국 자기 연민에 지나지 않는다.

"몰려왔는데, 몰려와서는,/ 온밤 내 활활 태우고만 있"(「반달」)는 원군은 밝음인가 어두움인가? 세계를 둘로 나누고 '하염없이 공중을 찌르면서 타오르는 오후'(「구두」)는 시커먼 구두약 같은 광(光)인가 희미한 어둠인가? 그의 밝음과 어두움에 관한 분별심은 연민에서 태어나는 것이지만 그 연민이 정작 자기를 향할 때 그의 현명함은 자기애에 갇히고 만다.

그러나 자기애라 할지라도 물불 안 가리고 뛰어드는 그의 시심이 이성을 잃었다는 뜻에서가 아니라, 진정으로 삶에 미쳐 있는 자의 내면과 관계되어 있는 것이라면 그의 시 「물불」은 여전히 새롭게 읽힐 여지가 있다.

1억 5천만km를 날아온 불도 엄연한 불인데
햇빛은 강물에 닿아도 꺼지질 않네
물의 속살에 젖자 활활 더 잘 타네
물이 키운 듯 불이 키운 듯한 버드나무 그늘에 기대어
나는 불인 듯 물인 듯도 한 한 사랑을 침울히 생각는데
그 사랑을 다음 생까지 운구(運柩)할 길 찾고 있는데
빨간 알몸을 내놓고
아이들은 한나절 물속에서 마음껏 불타네
누구도 갑자기 사라지지 않네
물불을 가리지 않고 뛰어드는 것이,
저렇게 미치는 것이 옳겠지
저 물결 다 놓아 보내 주고도 여전한 수량(水量),
태우고 적시면서도 뜯어말릴 수 없는 한 몸이라면
애써 물불을 가려 무엇하랴
저 찬란 아득히 흘러가서도 한사코 찬란이라면
빠져 죽는 타서 죽는
물불을 가려 무엇하랴
─「물불」 전문

그의 시는 지금 무시무시한 방랑과 영웅적인 은둔 사이에서 망설이는 중이다. 그 망설임이 그의 시에서 독을 빼 주기는 하겠지만 여전히 안녕을 줄 것 같지는 않다. 그는 세상에서 쓰러지고 침묵하는 법을 배웠고 그 때문에 더 이상 기어 다니지 않아도 되는 독방 하나를 간절하게 원한다. 그러나 사람은 사람 때문에 외로워질수록 더 풍경에 의지하는 법이고 숭고미가 주는 쾌락에도 혹하게 마련이다.

물과 불이 뒤엉킨 물불에 뛰어들어 미친 듯이 노는 아이들, 그 자체가 물불이라는 것을 현명한 시인은 알지만, 막상 자신은 '물인 듯도 하고 불인 듯도 한 한 사랑을 침울히 생각하고 그 둘을 가려내서 무엇하나'라는 깨달음에 이르러서는 무엇인가 아쉬움이 남는다.

만약 시인의 성찰과는 달리 물불의 수량은 늘었다가 줄었다가 갑자기 사라지기도 하는 것이며 찬란은 일시적 착각이며, 누구도 갑자기 사라지지 않는 것이 아니라 누구라도 갑자기 돌발적으로 홀연히 사라지는 것이라면 어떻게 될 것인가. 또 사랑은 '나'라는 생각이 끝나는 곳에서, 내가 운구하는 것이 아니라 오히려 내가 사랑에 의해 운구되는 것이라면 어쩔 것인가. 그의 현명함이 그의 시에서 설득력을 갖게 하지만 동시에 그 현명함이 그의 시가 돌연하게 눈뜰 찰나에 훼방을 놓는다면 그는 그 현명함을 어떻게 할 것인가.

그러나 마지막으로 이영광의 시 「독방」을 다시 읽어 보건대, 그의 시가 내 의심과 사유를 전복하는, 패러독스의 힘으로 이루어졌을 수도 있다는 가능성을 염두에 두어 사족으로 파라 켈수스의 글을 덧붙이며 이 글을 마친다. 그의 이해가 사랑(안녕)으로 비약하길 바라며.

아무것도 모르는 사람은 아무것도 사랑하지 못한다. 아무것도 할 수 없는 사람은 아무것도 이해하지 못한다. 아무것도 이해하지 못하는 사람은 가치 없는 사람이다. 그러나 이해할 줄 아는 사람은 사랑하고 주목하고 인식할 수 있다. (…중략…) 어떤 것에 대한 지식이 늘면 늘수록 그것에 대한 사랑도 커진다. (…중략…) 딸기가 익을 때 다른 모든 과일도 동시에 익는다고 생각하는 사람은 포도에 대해서는 아무것도 모른다.

『근대문학의 종언』과 새로운 문학의 지평

1. 근대문학 종언의 이면

　　　　종언은 기원과 길항한다. 근대문학이 종언을 고했다는 것은 이미 근대문학에 기원이 있었다는 사실을 전제하는 것이고, 기원을 이야기하는 순간에 종언은 예고된 것이다.

따라서 가라타니 고진의 『근대문학의 기원』은 『근대 문학의 종언』과 필연적으로 맞물려 있으며, 또 그것은 이미 근대 이전의 문학에 대한 종언과 기원을 전제하는 개념일 수밖에 없다. 이미 아놀드 하우저가 『마니에리즘—르네상스의 위기와 근대 예술의 기원』에서 중세기의 종언과 초기 르네상스 시대의 근대 예술의 기원에 관해서 언급했듯이, 기원의 내러티브는 필연적으로 종언을 가질 수밖에 없다.

벤야민이 근대 예술의 주요 특성으로 지적했던, 예술 작품의 아우라의 상실과 예술 작품의 대량생산과 복제 기술은 현재의 관점에서 볼 때, 예술을 정치사회적으로 확장시켜 대중의 것이 되게 했다는 긍정성을 지닌다. 하지만 한편으론 아우라가 사라진 예술이 정치적 의도와 대중의 오락성을 만족시키는 도구로 타락한 것도 사실이다. 물론 아서 단토 같은 이는 거대 서사의 몰락과 주변부 혹은, 소외된 서사들의 공존이라는 측면에서 현대의 예술은 타락이 아니라, 다양화라는 관점을 취하기도 한다.[1]

하지만 어쨌든 이들 대다수 예술비평가들은 특정한 시기의 예술이 시간과 공간의 한계를 넘어 사람들을 공감하게 하고 결속시키는 힘을 지닐 수 있는가에 대해 공통적으로 의문을 품고 있다. 또 인간의 의식을 확장하고 계몽하며 미래의 희망이 될 수 있는가에 대해서도 의문을 품고 있다.[2] 이런 상황에서 근대 예술이 무엇인지를 되묻는 것은 무슨 의미가 있는가.[3]

[1] 아서 단토 저, 이성훈·김광우 공역, 『예술의 종말 이후』, 미술문화, 2004.
[2] 아서 단토가 모더니즘의 종말과 더불어 거대 서사가 종말하고 다양성의 세계가 도래하고 있음을 주장하는 반면, 하인츠 프리드리히는 예술의 정신적 고양에 대한 희망을 버리지 않고 있다. 그에 의하면 예술은 본래 처음부터 동시에 계몽과 영혼을 위한 배려에 종사해 왔다. 이때 계몽이란 인간과 인간의 시간적 내지 초시간적인 심신 관계들에 대한 계몽이며, 영혼을 위한 배려란 예술을 계몽한 인간을 다시

가라타니 고진은 『근대문학의 종언』의 종언 서문에서 학자적인 관점에서가 아니라 현장인으로서 근대문학이 종언했음을 선언한다. 그리고 미술, 연극, 건축, 영화 등의 장르도 같은 상태에 처해 있음을 지적한다. 고진에 의하면 근대 예술의 전 장르가 종언(위기)의 상태를 겪고 있는 것이다.

그렇다면 가라타니 고진은 근대 예술이 가졌던 애초의 원대한 기획이 좌초한 것으로 보는가. 단적으로 '그렇다' 혹은 '아니다'라고 말하지는 않지만 가라타니 고진은 적어도 근대 예술이 이제는 그 기획의 방향을 수정해야 한다는 사실은 인정하고 있는 듯하다.

가라타니 고진은 현재 세계가 해결해야 할 세 가지 문제로 전쟁, 환경 문제, 세계적인 경제적 격차를 든다. 그리고 문학이 예전에는 이런 과제들을 상상력으로 떠맡았으나 현재에 와서는 더 이상 그렇지는 않더라도 이런 사실에 불만을 드러낼 마음은 없다고 말한다.

그러나 이러한 그의 고백의 이면에는 근대문학과 근대 세계에 대한 어떤 불편한 마음이 들어 있다. 하지만 자본주의 혹은 근대 세계의 힘 앞에 문학이 어떻게 타락하였는지를 밝히는 일은 가라타진 고진의 주된 관심의 대상은 아닌 듯하다.

어쨌든 계몽 혹은 상상력이라는 힘을 상실한 문학이 더 이상 근대 세계에 있어서 그 존재 의미조차 가지지 못하고 있

금 위로하려는 배려이다.
3 하인츠 프리드리히 외저, 김문환 역, 『예술의 종언―예술의 미래』, 느티나무, 1993 참조.

다는 사실에 대한 두려움이 '근대문학의 종언'이라는 테제에는 스며들어 있는 것으로 보인다. "예술이 진리의 현상이라는 기능을 더 이상 충족시키지 못하는 양식"이라는 헤겔의 테제를 수용하고 있는 고진의 견해에서 우리는 그러한 사실을 미루어 짐작할 수 있다.

그러나 이 부분에서 우리는 역설적으로 진리가 과연 무엇인가에 관해 되묻게 된다. 근대가 상정하는 진리의 영역과 그 영역에 발 딛게 하는 계몽의 힘과 문학의 상상력의 힘이 어떻게 상생하는 것인지를 밝히기는 어렵다. 이러한 물음에는 여전히 진선미가 한 덩어리인지 분리될 수 있는 각각의 것인지를 물어야만 하는 어려움이 내재되어 있다.

그러나 답을 찾기 어렵더라도 적어도 물음의 차원을 달리할 수는 있다. 가령 생산의 차원에서가 아니라 소비의 차원에서 문학을 바라본 바타이유의 시각을 빌려 오기만 해도 더 이상 중요한 것은 예술이 어떻게 진리를 현상하는가 하는 차원의 문제가 아니라 진리라는 것이 예술의 차원에서 어떻게 구성되며 어떻게 소비되는 것인가 하는 문제라는 것을 지적할 수 있다.

가라타니 고진은 언문일치의 창시적 기능, 근대문학과 국민국가의 관계, 기독교적 금욕주의와 근대적 자아의 성립 등에 관한 문제들을 풀어 나가는 동시에 문학이라는 장르에서 진리의 현상이 어떻게 구조화되어 있는가를 보여 줌으로써 "진리란 그것에 대한 언표를 구성하는 개념 체계 또는 담론 구성체에 의해 결정된다"는 푸코의 견해를 충실히 따른다.

　　　　그러나 하나의 진리에 관해 종언을 이야기하려면 진리는 절대 권력이 되거나 종국에 가서는 죽어야만 한다. 따라서 역설적으로 종언을 이야기하기 시작하면서 고진은 푸코의 방식을 버리고 헤겔의 내용을 충실히 따라서 문학의 도덕적이고 정치사회적인 효용성을 수용하는 입장에서 문학을 기술한다. 결국 가라타니 고진이 근대의 문학인으로서 위기를 겪는 것도 진리의 현현을 인정하는 순간부터다.

　　　　그가 근대문학의 종언을 논한 이후에 주로 문제 삼고 있는 것은 문학이 아니라, 국가와 역사 문제 혹은 새로운 교환가치와 교환가치의 재분배 방식에 관해서라는 사실이 이를 뒷받침한다. 가라타니 고진에 의하면 이제 문학은 진리에 관한 영역에서 멀어졌으며 철학과 종교의 시녀 노릇도 못 하는 처지에 처하게 되었다.

　　　　그러나 가라타니 고진의 견해대로 한 걸음 양보하여 헤겔이 말한 절대지의 차원에서 예술이 확보할 수 있는 진리의 영역이 얼마나 되는가를 논하는 것은 결국 헤겔 식의 진리를 받아들이겠다는 것과 다름없다.

　　　　물론 고진이 근대문학의 역할과 그 기능과 가치 속에서 근대적인 속성을 밝혀 낸 문학사적 의의를 부정하는 것은 아니다. 그러나 그러한 역할과 기능의 가치를 상정한 이상에는 그러한 것들이 힘을 잃으면 자연스럽게 그 존재 역시도 그 의미를 잃게 마련이다. 그러나 근대문학은 고진이 생각한 것과는 달리, 그 의미 맥락의 소실과는 상관없이 존재하며 오히려 그가 종언을 고한 그 순간에야 그 본래적 가치를 드러내는 것은 아닐까.

2. 장르는 항상 낡았고, 그리고 새롭다

근대문학의 미래에 기대를 걸지 않는 가라타니 고진의 태도는 한편으로는 정직한 것이다. 하지만 하나의 장르가 생겨나고 사라지는데 필연적인 이유는 없다 하더라도 장르는 갑자기 생겨나지도 않고 또 갑자기 사라지지도 않는다.

가령 바흐친에 의하면 "장르는 특수한 사회가 행위와 사건을 이해하는 데 도움을 준다. 장르가 새롭거나 생명력이 있다면, 특정한 장르는 사유나 경험을 형성하는 데서 매우 '생산적'일 것이다. 그러나 장르는 새로운 통찰을 유발할 수 있는 능력을 소진한 이후에도, 현실적으로 생산적이었거나 이후의 역사적 상황에 적합했던 의미를 모두 상실하게 될 때까지 그리고 그때 이후에도 끈질기게 존재한다."[4]

물론 그렇다고 해서 근대문학 혹은 더 구체적으로 근대의 소설이 어떻게 변해 갈지를 정확하게 예측할 수 있다는 것은

4 게리 솔 모슨·캐릴 에머슨 공저, 오문석·차승기·이진형 공역, 『바흐친의 산문학』, 책세상, 2006, p.630.

아니다. 다만 하나의 장르가 생겨나는 데는 그만한 이유가 있으며 생겨난 장르는 정치사회적 맥락에서뿐만이 아니라, 예술 혹은 문학 그 자체에 대한 존재의 의미를 새롭게 한다는 데 그 중요한 의의가 있다.

그런 측면에서 이미 가라타니 고진은 『근대문학의 기원』 중 「장르의 소멸」이라는 장에서 소세키를 이미 픽션의 네 장르를 모두 시험한 작가로 지칭한 바 있다. 그는 이 책에서 소세키가 쓴 『나는 고양이다』를 서양 소설의 『트리스트람 샌디』에 비견하여 소설 자체를 해체하는 소설로 보고 근대소설의 참된 의의가 그러한 해체의 힘에 있다고 본다.

그리고 '서양의 19세기적인 소설'이라는 것이 19세기 후반에 자연주의자들에 의해 성립된 단순한 이념에 지나지 않았다는 점을 강조하며, 노블이라는 것이 오히려 서양 세계든 비서양 세계든 온갖 다양한 종류의 것을 전부 넣을 수 있는 형식이며, 그러한 의미에서 이제까지의 모든 장르를 탈구축하는 형식이라는 측면에서 검토한다. 또 나아가 근대소설이라는 것이 시간의 순차적인 흐름에 따라, 다른 장르의 소멸에 의해 성립한다는 오가이의 주장을 정면에서 반박한다.

그렇다면 이제 근대문학의 종언을 주장하는 가라타니 고진은 기존의 자신의 주장에 의해서 자연히 논박되는 것이 아닌가. 근대소설의 핵심으로 근대소설의 다양한 양식적 특성들과 근대소설의 해체적 힘의 가능성에서 소설의 미래를 보았던 그가 이제 그것의 힘을 부정하게 되었다는 사실은 아이러니하다.[5] 종언에 관한 그의 주장은 거의 대부분 그 자신의 기원에 관한 주장들에 의해 여전히 논박되는 것들이다.

그는 일찍이 바흐친을 끌어들여 근대문학의 한계를 극복할 수 있는 가능성으로 여러 장르들의 회복을 주장한 바 있다. "그 성질상 문학 장르는 문학 발전의 가장 유구한 불변한 운동을 반영하고 있다. 장르에는 결코 죽지 않는 고풍스러운 요소가 보존되어 있다. 이 고풍은 끊임없는 재생, 즉 현대화에 의해서만 살아남는다. 장르는 항상 낡았고, 그리고 새롭다"는 『토스토예프스키론』의 의의를 높이 산다.

가라타니 고진에 의하면, 근대문학이란 근대문학 안에서 그것의 전도성을 자각하는 동시에 그에 항거하면서도 그것의 불가피성에서 도망치지 않으려는 힘 그 자체다. 그렇다면 그가 말하는 근대문학의 종언이란 무엇인가.

이미 그는 『근대문학의 기원』의 후기에서 "1980년에 일본의 '근대문학'은 결정적으로 끝나고 말았다"고 주장한다. 그에 따르면 "그것은 그때까지 지배적이었던 '내면', '의미', '작가 주체', '깊이' 같은 관념어들이 부정되고, 그들에게 종속되어 있던 '언어'가 해방되었음을 뜻"하는 것이다. 그리고 그는 근대문학이 배척했던 장르들, 즉 '언어유희' '패스티시' '로망스(SF 포함)' '새타이어'의

<hr />

243 **5** 물론 소세키와 같은 인물에 의해 근대소설이 노블류의 한계를 실험하고 장르의 창조성을 유감없이 발휘했던 순간이 예외적인 것이라면 또 현재에 그러한 작가가 전혀 없다면 그의 주장은 부분적으로는 인정할 만하다. 하지만 현재에 그러한 작가가 없다는 것은 지나친 추측이며, 소세키와 같이 당대에도 문학이란 무엇인가를 묻는 진지한 작업은 여전히 다양한 소설 쓰기로 증명되고 있다.

복권을 그 징후들로 본다.

따라서 고진이 정의한 근대문학이란 협소한 의미에서의 근대문학이었다는 사실이 자명해진다. 결국 가라타니 고진에 의하면 노블이든, 노블의 한계를 실험한 근대문학이든, 근대문학이란 언문일치에 기반하여 발견한 근대적 관념어들의 깊이인 것이다.

하지만 가라타니 고진이 말하는 언어의 해방이 과연 근대문학의 종말에 관한 징후들이 되는 것인지도 의문이지만, 이제 배척되었던 장르들의 복권이 왜 근대문학의 종말을 가져오는 것인지에 관한 의문도 해소되어야만 한다.

그리고 이제야 우리는 왜 가라타니 고진이 『근대문학의 종언』에서 "근대소설의 특성은 어쨌든 리얼리즘에 있다. 소설이 예술로 간주된 것은 그것이 허구를 통해 '진실'을 파악한다고 간주되었을 때이다"라고 근대문학 혹은 근대소설을 정의했는지를 이해할 수 있게 된다.

가라타니 고진은 1980년대에 이미 문학의 영역에서 언어 해방의 측면에서 장르의 소멸과 장르의 복권이 이루어지고 있다는 사실을 명민하게 간파하고 있었다. 그러나 가라타니 고진은 이러한 장르의 복권과 언어 해방이 근대문학의 진정한 힘일 수 있다는 사실에 관해서 지금도 여전히 부정적인 시각을 견지하고 있다. 따라서 가라타니 고진에 의하면 근대문학의 종언은 이제는 부정할 수 없는 진실이며, 언어 해방의 측면에서 이루어지는 장르의 복권은 근대문학의 영역을 벗어난 문제들인 것이다.

3. 언어 해방 혹은 장르들의 복권

"나는 모든 것을 이해했다. 그리고 나는 아무것도 이해하지 못했다." 이 글은 사르트르가 그의 첫 번째 마르크스 작품에 대한 독서의 행위 끝에 내린 결론이다. 한 권의 책을 읽는 순간에 우리는 모든 것을 이해한 듯이 느낀다. 하지만 책을 덮고 의문과 사색에 빠지는 순간, 우리는 미궁에 빠진다.

나는 사르트르의 문장에서 '그러나'가 아니라 '그리고'라고 이어진 접속사에 주목한다. 사르트르의 독서 행위를 이어 주는 '그리고'라는 접속사를 떠올리면 문제는 전혀 다른 차원의 것이 된다.

'근대문학은 끝났다'라는 언표는 우리에게 불편한 감정을 불러일으킨다. 근대문학이 무엇인지 객관적으로 규정을 내리고 그 시작과 끝의 증거들을 찾아낸 후 근대문학은 끝났다라고 선언하는 행위는 역설적으로 그가 문학 종사자로서 내렸다는 결말로는 합당하지 않은 것이다. 오히려 종언에 관한 그의 체념적 주장은 그가 사회학자이거나 경제학자일 때의 맥락에서 읽힌다.

그리고 기왕에 문학의 종언이 아니라 근대문학의 종 언인 바에야 그 근대라는 맥락이 자세히 밝혀져야겠지만, 활자 문화의 발달, 민족주의의 발흥, 근대적인 자아 관념 등과 병존하여 성립한 문학이 근대문학이라는 발상을 지니고 있다면, 그러한 역사적 조건들이 붕괴하는 것으로 보이는 현재의 상황과 근대문학의 붕괴는 필연적이다.

고진에 따르면 근대문학의 속성은 주체성, 통일성, 자율성, 전체성 등의 일반적인 근대의 성격을 반영하는 것이며, 일반적으로 이러한 문학은 리얼리즘적 요청을 지닌 문학의 산물을 대변하는 것이다. 물론 고진의 지적대로 1990년대에 일본문학이 근대적 성격을 지닌 문제적 문학작품을 생산해 내지 못하고 있다는 것은 부정하기 힘든 사실이며, 우리나라에서도 그러한 부정적 경향이 있음을 지적하는 것은 일리가 있다. 그러나 제국주의의 발현 이후 모든 양상들이 동시에 자본주의적 힘에 의해 동일한 패턴으로 변모해 간다는 가라타니 고진의 견해가 과연 문학의 영역에서도 통하는가 하는 문제는 쉽게 해결될 문제가 아니다.

이런 의문에서 이 글은 근대와 근대문학이 맞물린 지점에서 그 균열이 처음부터 내재되어 있었던 것은 아닌지를 되묻고 근대를 대변하는 소설이라는 양식이 남미와 아프리카와 인도 등지에서 서구와는 다른 양상으로 발전되어 갔듯이 한국에서는 그러한 변모 과정이 있을 수 없는지에 관해 의문을 제기한다. 나아가 근대문학의 대표 장르인 소설과 반-근대, 전-근대적인 성격을 지닌 장르들과의 경쟁은 없었는지를 한국적 특수성 속에서 살펴 소설이 가진 특권적 지위에 대해서도 의문을 제시한다.

소설이라는 양식보다 더 큰 틀에서 근대문학의 성격을 규정한다면 근대문학의 종언이라는 언표 행위는 어떤 역사-한계적이고 의도적 목적을 지닌 행위에 불과한 것일 수도 있다. 고진은 『근대문학의 종언』에서 근대문학의 속성을 지나치게 좁게 한정 짓고 있는 것이다. 주체성, 통일성, 자율성, 전체성에 맞서 그것들을 넘어서거나 안에서부터 해체하여 새롭게 하려는 힘이 동시에 존재한다는 믿음이 모더니즘의 정신이라면 우리는 근대문학을 "소설은 영웅 없는 부르주아 시대의 산문이다"(루카치) 혹은 "부르주아의 시대는 산문의 시대이다"(헤겔)라는 테제의 한계에서 구출해 낼 필요성을 절감하게 된다.

그러나 고진은 그러한 한계 내에서만 철저히 소설 혹은 근대문학을 규정했다. 그는 소설을 중심으로 삼인칭 객관 묘사의 폐기나 새로운 매체의 등장으로 인한 소설의 영향력 감소, 네이션 형성에 이바지했던 소설의 이데올로기적 요청의 완료 등에서 근대문학의 끝을 본다. 이것은 루카치나 헤겔의 소설에 대한 그 당시의 선구자적 시각에서 한 걸음도 더 나아가지 못한, 오히려 더 퇴보한 시각에서 소설 혹은 근대문학을 정의 내린 것에 불과하다.

정치적으로 혹은 사회적으로 큰 영향력을 가졌던 하

나의 장르가 그 힘을 잃어버린 과정에서 문학(근대문학)의 끝을 본다는 것은 부분적인 것으로 전체를 규정하려는 한계를 드러낸다. 물론 소설은 부분적이라고 하기에는 너무 큰 권력을 가진 장르이며 때로 소설이야말로 자본주의 자체라고 하는 것도 과장이 아닐 정도로 가장 근대적인 장르라 할 수 있다. 애초부터 경제성을 보장해 주는 동시에 가장 대중적이며 정치사회의 변화를 담지해 낼 수 있는 장르로서 타 장르들은 소설의 경쟁 상대가 될 수 없었다.

이에 반해 보헤미안이나 낭만주의자 혹은 정치적 소외자들의 의식을 대변하는 시나, 영화라는 장르 때문에 현재는 거의 소외된 극이라는 장르는 근대문학의 주역으로 등장해 본 적이 없다. 물론 상징주의와 초현실주의를 거쳐 사회주의에서 정치적 혁명의 슬로건의 용도로 사용된 적은 있지만 시는 주로 서정시의 이미지로 극은 대중성을 잃고 소수의 장르로 위축된 것이 사실이다.

그러나 그 양상을 더 미분화시켜 들어가 보면 가령 한국적 상황에서만 보더라도 위의 일반론은 성급한 결론이라는 것을 알 수가 있다. 판매 부수나 정치사회적 영향력만으로도 한국에서 1980년대의 시는 소설과 경쟁할 만한 힘을 지닌 장르였다. 또 극은 정치적 집단을 선동하고 고무하는 힘을 지니기도 했다. 그러나 이러한 차원에서 근대문학의 시작과 끝을 논하는 것은 문학의 자율성을 무시한 채 그 정치적·경제적 맥락만을 읽는 소모적인 논쟁으로 끌어가는 것이다.

오히려 위와 같은 실제적이고 실증적인 분석은 문학이 지닌 계몽의 힘 즉 근대가 기획한 것으로서의 문학의 힘을 믿는 행위의 소산이다. 역설적으로 가라타니 고진 식의 근대문학에 대한 접근 방식은 근대문학이라는 기획의 실패와 근본적인 차원에서 다시 한 번 문학이란 무엇인가에 대해 묻게 한다.

문학의 종언이라는 묵시록적 예언은 이제 오히려 문학의 무한한 지평에 관한 이야기들이다. 장르들은 자신의 존재 의의를 묻기 위해 지금보다 더 심하게 혼종과 착종과 전도의 과정을 겪을 것이다. 즉 언어 해방과 장르를 뛰어넘는 문학에 대한 진지한 질문과 도전은 계속될 것이다.[6]

6 가라타니 고진의 진단과는 달리 현재 한국소설 혹은 한국문학이 더 진지한 삶과 문학에 관한 질문의 상황에 직면해 있음을 예증하는 사례들을 들어야겠으나 이 글에서는 지면의 한계로 다루지 못하는 아쉬움이 있다.

보론 소외된 장르: 일본과 한국에서의 현대시의 생존

가라타니 고진이 근대문학의 기원과 종말을 거론하며 근대소설 이외의 장르에 관해 문제를 제기하지 않은 것은 유감스러운 일이다. 근대성에 관한 가장 중요한 문제 제기들은, 전후 세대 이후 일본의 시에는 '나란 무엇인가'에 관한 문제의식이 떠나지 않는다. 일본에서 시는 더 이상 거대 담론이나 정치사회 문제의 표층적 층위에 속박받지 않는 양식으로 존재하는 듯이 보인다. 그러나 이것은 정치사회에 대해서 시가 더 이상 관심을 갖지 않는다는 뜻이 아니라, 미시적인 관점에서 정치와 사회에 관한 질문을 나로부터 시작한다는 것에 그 특수성이 있는 것이다.

또 미적인 체험이나 자아의 정체성에 관한 문제가 주로 대두되면서 시는 역설적으로 대중의 품에서 떠나게 되었지만 더 독립적이고 자율적인 장르로 살아남았다. 그러나 판매 부수나 영향력으로 따지자면 거의 소멸한 양식으로 보아도 무방할 정도이다.

전후 세대 시인의 의식을 시인이자 평론가인 잇시키 마코토는 "A씨는 침묵의 형태로 부친의 꿈에 대한 청부인이 되는 것을 거부했다. 결국 침묵을 대신하여 쓰는 즐거움을 생각하게 되었고, 자신의 꿈을 바꿔서 말의 세계로 바꿔 놓는 일에 열중하게 되었다"[7]라고 표현한 바 있다. A씨로 대변되는 일본 전후 세대의

---

7 이시환·마루치 마모루 편저, 한성례 역, 『푸른 그리움』, 세림, 1995, p.472.

특징은 자아 정체성의 회복을 위해 전 세대의 억압과 투쟁한 세대라는 점에서 한국의 전후 세대의 시적 상황과도 무관하게 읽히지 않는다.

일본의 전후 세대는 1966년, 전국 공산당 투쟁위원회의 결성을 기점으로 학생운동이 조직적으로 확대되는 것을 경험했고 베트남 반전운동이나 히피 무브먼트 등으로 새로운 감수성의 세례를 받았다. 그들은 마치 한국의 대학생이나 지식인들이 겪은 과정들을 독재라는 특수한 상황(물론 일본에서도 군국주의의 잔재가 이들의 위의 세대를 통해 그대로 전달되고 있었을)까지도 유사하게 체험한 세대들이다. 바리케이드로 봉쇄한 학교의 외곽에서 그들은 데모에 합류하든지 토론에 참석하며 혁명의 꿈까지도 꾸었지만 그것의 실현을 보지는 못했다.

그리고 그동안에도 A씨는 현실과 꿈 사이에서 화염병을 던지거나 곤봉에 맞아 길바닥에 쓰러져 정신을 잃거나 술과 광기의 흥분 상태 속에서 자신을 잃어 가는 동 세대와 자신을 보며 이것이 도대체 무엇인가를 물었을 것이다.

그러나 1970년을 기점으로 정부의 무력적 진압에 학생운동은 대부분 거점을 잃고 무력해지고 만다. 그때 A씨는 그 패배와 억압이라는 현실 앞에 철저한 내향의 길로써 답한다. 그들은 상상의 왕국에서 사회와 정치에서 당한 패배를 만회하려고 한다. 그렇다면 그들이야말로 가장 사회적이고 정치적인 혁명을 꿈꾸었던 세대는 아니었을까.

　　한국에서는 A씨가 겪은 과정과 비슷한 도상에서 보다 다양한 형태의 유형들이 등장한다. 그것은 비슷한 시기의 한국의 전후 세대들이 일본은 겪지 못한 민중의 힘과 혁명성을 겪었기 때문이기도 하지만 한국 사회가 문학의 대사회적 효용성과 선동성을 충분히 담아낼 만한 사회적 유연성 혹은 특수성을 지니고 있었기 때문이기도 했다.

　　김수영과 신경림 그리고 김지하를 지나서 전후 세대의 대표 작가라 불릴 만한 이성복과 황지우, 김정환과 백무산, 최승호 등으로 이어지는 세대는 일본의 A씨가 그려 내는 내향성의 세계와는 전혀 다른 성격의 다양한 정치사회적 함의들과 내면세계의 충돌을 표출해 내고 있다.

　　그러나 정치사회적 함의를 품는다고 해서 혹은 다양한 의식들이 표출되었다고 해서 그 미적 성취도나 문학적 자율성이 더 훌륭하게 완성되어 갔다고 보는 것은 잘못이다. 오히려 한국은 그 이후 세대를 통해서 일본이 겪었던 내향성의 세계를 1990년대에 들어 더욱더 철저하게 겪었고 이후에는 사회적 상상력이나 정치적 선동성이라는 것은 시에 있어서는 마치 다른 나라의 이야기처럼 생각하게 된 것도 사실이다.

　　그리고 본격적인 이야기는 지금부터다. 작가나 예술가가 되고자 하는 사람이 겪는 두 가지 진퇴양난의 상황에 대해 일찍이 부르디외는 다음과 같이 말한 바 있다. 그 하나는 물질적이고 도덕적인 곤란으로 메마름과 원망으로 이루어진 보헤미안적인 생활이고 다른 하나는 저널리즘과 연재소설, 그리고 대로의 극장처럼 지배적인 취향에 굴복하는 것이다.

일본의 전후 세대는 이와 같은 진퇴양난의 처지에서 일본인다운 처신(?)을 보여 주었는데 그것은 일본의 전문가 집단이 보여 주는 장인 정신과 별다르지 않은 자세였다. 부르디외라면 일본 시인들의 이러한 자세를 어떻게 평가했을지는 모르겠지만, 아무튼 일본의 시는 더 이상 대중의 관심의 대상도 사회적·정치적 이슈거리도 되지 않지만 소수의 사람들에게는 대단히 철저한 자의식의 대결의 장으로 또는 미학적 표출의 장으로 인식되고 있다.

H씨 상을 수상한 몇몇 대표적 시인들의 시들만 보더라도 그들이 얼마나 내면의 세계에서 미학적 성취와 씨름하고 있는가를 짐작해 볼 수 있다. 그렇다고 그들이 소극적이거나 수동적인 자세로 세계와 대면하고 있는 것도 아니다. 그들의 시를 보면 그들은 언제나 그들이 속한 정치와 사회의 장 속에서 그들의 감수성과 상상력을 시험하는 중이다.

가령 30회에 H씨 상을 수상한 잇시키 마코토는 그의 시 「이중의 집」에서 어른의 세계로 표상되는 근대 세계의 힘에 의해 분열된 자아의 상처와 그 상처의 상상적 봉합을 꿈꾸는 시를 썼다. 계몽된 근대인의 자아가 아니라 오히려 근대의 힘에 의해 분열된 자아가 꿈꾸는 세계는 근대가 기획했던 세계의 유토피아와 같은 것인가를 물을 때 그의 시는 더 미묘하게 읽힌다. 근대를 살아가는 자아는 마치 형벌을 받는 시시포스처럼 언덕을 올라가고 내려가는 일을 무한히 반복하고 있다.

가끔 언덕 위에서 한 소년이 언덕을 내려오는 모습이 보인다. 그때 언덕 저쪽에서도 그 소년처럼 또 다른 소년이 역시 그림자같이 내려오는 것이다. 두 갈래로 갈라져 이제 영원히 만나지 못하는 두 소년의 등, 억지로 갈라진 상대방의 부재에 갈증을 느끼진 않지만 상처 자국이 숨겨져 있다.
　—「이중의 집」 부분

42회 수장자인 혼다 히사시는 사상이나 철학을 미학적으로 녹여 내는 시를 썼는데 시를 쓰는 행위를 통해서 인간의 실존적 구원에 관해, 시인의 말로는 사랑에 관해 노래하는 시를 썼다. 한편 그는 실제적인 정치나 환경 문제에 관해서도 심도 깊은 시를 써 왔는데, 그는 이러한 문제들의 실질적인 해결을 위해 직접적으로 나서기도 했다. 정치나 사회, 경제의 문제를 미학적인 차원에서 재구성하는 것은 여전히 문학의 주요 역할임을 그는 자인한다. 시간을 되돌려 기억하는 방식이 아니라 현재에 되살려 현현하게 하는 방법에 주목한다.

만개한 벚꽃나무에 기대어 있을 때
해체된 말의 앞다리가 달려왔다
뒤이어 뒷다리도 달려왔다
그 뒤를 이어 하늘에서 떨어진 몸통이
네 다리 위에 올라앉았고
머리가 없는 채로 말은 잠자코 서 있다
이윽고 짐수레를 끌고 노파가 다가와서
짐받이에 싣고 온 말의 머리를
나의 발아래 내려놓고 갔다
나는 말의 머리를
제자리에 붙여 놓고
다시 말을 보았다
그 말은 내가 소년이었을 때
사산(死産)으로 해체된
모태에서 끌려 나온 말이었다
말은 이제야 처음으로
보는 걸 허락받은 자와 같았다
나는 침으로 상처를 닦아 주고
손을 번쩍 들어 말의 엉덩이를 쳤다
말은 우렁차게 울고 나서 들판 끝으로 달려갔다
그때

봄 폭풍으로 한꺼번에 지고 있던 벚꽃 꽃잎을 온몸으로 받으며
나는
벚꽃나무가 문득 비틀거리는 것을 보았다
—「만개한 벚꽃나무 아래서」 전문

　　또 44회 수상자인 다카츠카 가즈코는 자신의 내면에
서 '우리'라고 부를 만한 공동체의 자아를 발견하는 시를 써냈다.
가라타니 고진이 상정하는 대안적 세계와는 또 다른 측면에서 신화
의 세계를 발견한다. 물론 '개체를 전체에 결합시키는 보편타당성
을 예술적 언어가 부여한다'는 가다머의 신화에 대한 견해를 고려
해야겠지만 다카츠카 가즈코는 신화를 어떤 사회에 공유되어 있는
것, 혹은 자명한 것으로 받아들이지 않는다. 오히려 그는 전쟁과
환경, 그리고 궁핍에서 전통적 신화의 의미를 의문시한다. 즉 그는
전통적 신화의 힘으로 전통적 공동체를 복원하려는 것이 아니라,
모든 개별 인간의 존재의 근원을 묻고 있다. 단순한 사물인 국자가
시간을 거슬러 올라가 원형으로서의 국자로 되살아날 때, 현대인
들의 소외된 육체와 감각도 현재의 신화를 갖게 된다.

국자로 마실 때 자주 얹혔다.
어린 내 등을 문지르며 할머니는 말씀하셨다.
물에도 뼈가 있다.

씹듯이 마시거라, 천천히.

고향 섬에선
사람이 죽으면 흙에 묻었다.
그 위에 사당, 일 년 내엔 석탑
50주기가 된
조상의 영혼에 이어지게 하기 위한 의식이었을까.
묘를 다시 파 보면
죽은 자는 맑은 물이 되어 있었다.
흔들리는 인광이 아름답다.

묘지가 있던 언덕에서 잠자코 줄지어 내려오는 이들
어린이들도 알아서 조용히 걷는다.
파도가 요람처럼 끊임없이 안겨 오는 섬
섬사람들은 누구나 다 어딘가 닮았다.

저 번득이는 물을 마시자
물은 우리들, 우리들은 물
—「물」 전문

　　　일본의 현대시에서 두서없이 골라낸, 위의 시들은 미

적 성취도는 말할 것도 없고 시 세계가 시인의 장인 정신을 느끼게 하는 조밀한 세계들로 꽉 차 있음은 말하지 않아도 짐작할 수 있다. 물론 이들 시집이 몇 천 부 몇 만 부가 팔렸다는 얘기는 전혀 들리지 않는다. 하지만 그렇다고 해서 이들의 문학이 정치사회의 문제와 무관하다고 볼 수는 없다. 오히려 근래의 시는 근대 세계의 문제들을 직시하고 있으며 그것을 의문시하고 해체하는 한편, 미적으로 재구성하는 섬세한 솜씨까지 보여 준다.

그렇다면 한국의 경우는 어떠한가. 1990년대 내면의 지향이라는 테마로 주목받은 시인들의 경향 분석은 이미 다양하게 다루어졌기에 논외로 치더라도 이천년대 젊은 시인들의 등장은 여러모로 주목할 만하다. 현재는 이들의 시를 새로운 감수성으로 받아들이는 부류와 대중과의 소통을 거부하는 자폐적 성향으로 보는 부류로 상반된 두 시각이 공존하고 있다.

그리고 아이러니하게도 가라타니 고진이 근대소설의 분석에서 유용한 해석의 잣대로 사용하였던 개념들을 토대로 이들의 시가 해석되고 있다. 그것은 주체, 타자, 풍경과 같은 근대의 새로운 원근법을 제시하는, 아이러니하게도 이미 충분히 낡은 해석의 도구들이다. 또 의식의 흐름에 가깝다고 할 만한 새로운 시 창작 방법 역시 이미 근대소설에서 시도한 방식을 재수용한 결과이기도 하다.

시가 소설에 가까워진다는 것은 시가 산문성을 띤다는

것과 유사하면서도 또 다른 속성을 지닌다. 일찍이 랭보나 보들레르를 거쳐 엘리엇에 이르기까지 시가 리듬이 있는 산문이 되는 과정이 현대시의 형성 과정이었다고 보아도 무방하다면, 현재 우리의 시는 그 방향성을 상실한 채 과거로 회귀한 전통서정시로부터 해체와 형식 실험을 반복하는 아방가르드적 성향을 띤 시까지 다양한 스펙트럼을 보여 주고 있다. 그것을 발전이라고 할지 퇴보라고 할지 애매모호한 구석이 다분히 있지만 유독 한국에서는 신서정이라고 부르는 서정시의 경향과 사소설처럼 시를 풀어 쓰는 두 경향이 대립적으로 쓰이고 있다. 그러나 두 경향 모두 보들레르가 행했던 문학 제도라는 권력과의 투쟁이라는 자의식을 지니고 있는지 또 초현실주의자들이 지니고 있던 미학적 혁명의 성격을 지니고 있는지는 아직 불분명하다.

현재 한국의 시가 여전히 취향의 차원이나 사회적 상상력이나 선동의 차원 혹은 환상과 조작된 상상력의 차원에서 쓰이고 있는지를 정치하게 분석해 내는 작업이 필요한 이유도 여기에 있다. 그러나 어쨌든 현재 한국시의 다양한 에너지들은 언제든 새로운 미감과 진실성으로 터져 나올 폭발력을 지니고 있는 힘들이기도 하다.

그리고 가라타니 고진의 진리틀로는 해석되지 않는 근대문학의 여타 장르에 대한 존재의 의미가 정치사회적으로 부각되는 순간이 오지 말라는 법은 없다. 경쟁에서 우위를 점한 장르든 소외된 장르든 근대라는 세계의 틀 안에서 고유의 영역을 지켜 가는 이상 언제든 미래에 대한 희망은 있기 때문이다.

출처

매장을 체험하는 최면술사:『대산문화』, 2004년 겨울호.

의자에 앉은 구름(원제는 '시론―의자에 앉은 구름'):『서정시학』, 2007
년 봄호.

내가 읽은 나의 시:『현대시학』, 2012년 1월호.

비참하고 아름다운 말의 시간:『현대시』, 2012년 10월호.

어머니라는 순수한 물체:『봉국』, 2010년 2월 1일.

시간/기억, 풍경 그리고 침묵: 미발표.

1980년대에 관한 기억:『현대시』, 2007년 1월호.

「알렉산더와 해바라기꽃」을 읽고(원제는 '외국시 읽기―「알렉산더와 해바
라기꽃」을 읽고'):『현대시』, 2006년 9월.

텔레비 속의 텔레비에 취한 아아 김수영이여:『동국대 대학원 신문』, 2005
년 2월 17일.

홍상수의「하하하」와 이창동의「시」: 미발표.

질문들(원제는 '설문'):『현대시』, 2007년 1월호.

고양이의 보은(원제는 '고양이의 보은―좋은 오빠 시인 박판식을 만나다'):
『시작』, 2013년 겨울호.

무한을 바라보는 유한한 자의 마음(원제는 '무한을 바라보는 유한한 자의
마음―홍신선 시집『우연을 점 찍다』'):『열린 시작』, 2010년 봄호.

사랑과 희망, 그 불가능성(원제는 '이성복 시인의 첫 시집 『뒹구는 돌은
　언제 잠깨는가』에 대해―사랑과 희망, 그 불가능성'):『시작』, 2011
　년 봄호.

나는 나와 어울리지 않는다: 2014년도 김춘수 시문학상 수상 소감.

재가 되지 않은 불(원제는 '황지우 다시 읽기―재가 되지 않은 불'):『리토
　피아』, 2011년 겨울호.

사랑, 타오르는 물(원제는 '사랑, 타오르는 물―박남철 시집 『제1분』'):
　『시작』, 2009년 가을호.

허공의 얼굴(원제는 '허공의 얼굴―이원 신작시에 부쳐'):『불교문예』,
　2011년 가을호.

고아의 자유(원제는 '고아의 자유―김이듬 시집, 『말할 수 없는 애인』'):
　『동국대 대학원 신문』, 2011년 11월 28일.

혜가가 달마 앞에서 자신의 팔을 자른 것은 비유일 뿐인가:『시와 반시』,
　2011년 봄호.

'위반하고 즐겨라'라고 말하는 시:『문학선』, 2009년 봄호.

안녕(安寧)이라는 말의 기원(원제는 '안녕(安寧)이라는 말의 기원―이영광
　신작시에 부쳐'):『시산맥』, 2009년 상반기호.

『근대문학의 종언』과 새로운 문학의 지평:『문학과 경계』, 2006년 겨울호.